金山竹枝词
风物与人文篇

上海市金山区图书馆 编

上海大学出版社

图书在版编目(CIP)数据

金山竹枝词. 风物与人文篇 / 上海市金山区图书馆编. -- 上海：上海大学出版社, 2025.4. -- ISBN 978-7-5671-5206-9

I. I222.8

中国国家版本馆 CIP 数据核字第 202575Q60E 号

责任编辑　王　聪
封面设计　缪炎栩
技术编辑　金　鑫　钱宇坤

金山竹枝词·风物与人文篇

上海市金山区图书馆　编
上海大学出版社出版发行
（上海市上大路99号　邮政编码200444）
（https://www.shupress.cn）发行热线 021-66135112）
出版人　余　洋

*

南京展望文化发展有限公司排版
上海普顺印刷包装有限公司印刷　各地新华书店经销
开本 890 mm × 1240 mm　1/32　印张 10　字数 224千
2025年4月第1版　2025年4月第1次印刷
ISBN 978-7-5671-5206-9/I·723　定价　59.00元

版权所有　侵权必究
如发现本书有印装质量问题请与印刷厂质量科联系
联系电话：021-36522998

《金山竹枝词·风物与人文篇》编委会

主　　任：李泱泱
副 主 任：安静静
主　　编：施　梅
副 主 编：王春强　胡艳倩
执行主编：张青云
助理编辑：吴叶苇

前 言

　　中唐诗人刘禹锡在参与王叔文的政治革新失败后,牵连坐罪,迭遭贬谪,当其贬官任夔州刺史之时,除了流连于三峡雄奇险秀的山水之间,同时也对巴渝地区活泼清新的民间歌谣情有独钟,曾多所采撷。其显例就是根据当地民歌的风格改制新词,用七言绝句的体裁和民歌谣谚的词藻完美结合,自创了一种全新的诗歌样式——竹枝词。刘禹锡所作竹枝词迄今尚存11首,内容多赋咏三峡风光和男女恋情,语言通俗明畅,音调轻快悠扬,将诗意和民风熔于一炉,词浅意深,语近情遥,给人以耳目一新之感,令文人雅士和贩夫走卒俱为之心折,传诵不衰。竹枝词自刘禹锡创体以来,脍炙人口,流传广泛,后世文人多有仿作,踵事增华,作品山积,随着时代推移,内容亦有极大的突破,从地域风光、男女恋情拓展到物产美食、劳动场景、经济生活、民间习俗等领域,生活气息更臻浓烈,纪实特点愈加彰显,从而成为研究地方风土民情的第一手资料。由于竹枝词厚植于民间土壤,以劳动人民喜闻乐见的事物作为描写客体,且具有易诵易记的特点,因而其"人民性"和群众基础无疑远胜于士大夫阶层才能欣赏的古典诗词,这也是它葆有持久生命力的主要原因。

金山地处海滨,古称雄州,田土膏腴,水网纵横。此地风光旖旎,蜚声四海;物产丰饶,甲于一方。兼之风俗淳厚,人民聪勤,凡此种种,无不成为历代文人竹枝词创作的不竭源泉。自元末流寓来金的诗人杨维桢所作《海乡竹枝歌》《云间竹枝词》发为首唱;明人顾玑《金山杂咏》赓续韵事;清人则有程超《朱溪竹枝词》、王丕曾《留溪杂咏》、顾文焕《亭林竹枝词》、吴大复《秦山竹枝词》、沈蓉城《枫溪竹枝词》、曹灯《干巷竹枝词》等各擅胜场;到了民国年间,南社名贤高燮尚作有《乡土杂咏》70首,犹如余晖残霭,仍照一方。上述竹枝词作品量多质精,总数近2 000首,业已成为金山优秀传统文化、乡土文化宝库中的珍品。

金山竹枝词第一个显著的特点,乃是继承了《诗经·豳风·七月》反映黎民百姓生产劳动之艰辛的优良传统。"潮来潮去白洋沙,白洋女儿把锄耙。苦海熬干是何日?免得侬来耙雪沙"(元·杨维桢《海乡竹枝歌》)、"量盛海水十分煎,老幼提携向市廛。最苦疲聋霜雪里,一筐值得多少钱"(清·王丕曾《留溪竹枝词》)。此二首竹枝词皆描述金山盐民生活,并寄予悲悯恻怛之情。前一首中"雪沙"即白盐之譬喻,透过盐场女儿切盼"苦海熬干"的心声,曲折表现出制盐生涯的苦楚,意境与北宋词人柳永赋咏盐民生活的名作《煮海歌》颇相仿佛。后一首生动呈现盐民结队于隆冬奇寒中售盐而获值低廉的场景，读之令人酸鼻不已，氛围描写方面则与白居易新乐府诗《卖炭翁》同一机杼。金山先民濒水而生，农作之余兼事捕捞，竹枝词中也有生动的反映。"南湖两岸列渔矶，渔兄渔弟静夜依。捞得鱼蟹携满篚，商量入市待朝晞"（清·时光弼《张溪竹枝词》）。旧时张堰张泾河段渔人夤夜捕捞并争赶早市的情景历历如绘，笔致疏宕中含情韵。"泖蟹相看似蝤蛑，产由急水异汾湖。三更竹篛篝灯守，几处鱼罾草舍俱"（清·沈蓉城《枫溪竹枝词》）。此首描绘枫泾水产泖蟹和捕蟹人彻夜劳作的场面，真切动人。明清之际，金山纺织业极称兴盛，各家竹枝词也多有涉笔。"春潮覆草半江青，长水分涂客未经。少理蚕丝多织布，百家烟火傍朱泾"（清·陆宝《朱泾竹枝词》）、"我乡布利洵堪夸，不道连年雨烂花。布贱花昂咸折本，家家纺织尽停车"（清·白泾野老《俭岁竹枝词》）。前一首写舟泊朱泾亲见布业带来的市井繁荣，刻画工细，宛然一幅《清明上河图》。后一首作于灾年，有感于霪雨烂棉，万家罢纺，一派萧条景象，令人喟叹不已。

歌咏风光物产自然也是金山竹枝词一个蔚为大宗的主题。"十里山塘水色鲜，菱花开处藕花连。轻舟荡入波心里，只少吴娃唱《采莲》"（清·吴大复《秦山竹枝词》）。旧日秦山下山塘河的水色花光在文人多彩的笔下得到优美的体现，写景空灵清远，令人为之神驰。"青帘不挂酒家胡，白舫何人更泛湖？千顷湖光春涨绿，元人诗笔宋人图"（清·顾文焕《亭林竹枝词》）。此首则细摹亭林湖春日的景致，设色工丽，风神摇曳。"绿波红树得秋多,指点天空一鸟过。我向溪南看落日,湾头毕竟最嵯峨"(近代·高燮《乡土杂咏》)。此首描摹朱泾市南落照湾风光,笔调明净秀润,纯用白描,但似俗实雅,体现出上流社会文人流连光景、吟赏烟霞的雅人深致。物产方面,则以写水产的为多。"风翻白漾卷菰蒲。叶尽桑园噪冷乌。思向钓钩浜口去,教郎网捉四腮鲈"(清·沈蓉城《枫溪竹枝词》)。从句末可知,以产于松江秀野桥著称的名鱼"四腮鲈"在昔日的枫泾钓钩浜亦曾出产,不禁令人食指大动。"渔家惯住野塘前,开到菱花便棹船。钓得竿头乌背鲫,小仙也说是神仙"(清·程兼善《枫溪棹歌》)。诗中渔人因钓到野生鲫鱼"乌背鲫"的忭跃之情跃然纸上,殊有兴味。

　　此外,金山竹枝词中涉及地方风俗和男女恋情的篇章也是指不胜屈。"野畦春暖日迟迟,秦望山头景物滋。田妇村童都结伴,桃花看到菜花时"(清·时光弼《张溪竹枝词》)。昔时张堰风俗,每年三月初一、十五为里人游秦山赶集之期,此首竹枝词句妍韵美,以淡雅疏隽的笔触记录了阳春之际秦山集市游人辐辏的盛况。另外,节庆风俗也是竹枝词里的重要题材。"元宵宴乐兴偏酣,望秀浜东庙港南。爆竹连声锣鼓闹,高烧柴火庆田蚕"(清·沈蓉城《枫溪竹枝词》)。此首声色俱足地描绘正月十五枫泾百姓欢度元宵佳节的勃勃兴致,末句兼及江南农村是日以火占卜丰歉的祈年民俗——"烧田蚕",情调欢愉。至于男女恋情之作,金山竹枝词上承刘禹锡竹枝诸作的神髓,吐属风趣,坦白深挚。"水连南汇近新街,小艇藏娇一字排。日暮盼郎郎不至,沿堤蹴损凤头鞋"(清·时光弼《张溪竹枝词》)、"莲花泾里月生光,菱荡湾中风送凉。妾唱莲歌郎唱曲,采菱何似采莲香"(清·沈蓉城《枫溪竹枝词》)。第一首以女郎口吻写自己于江边伫候情郎的焦灼情态,形象传神,颇耐咀味。第二首韵淡思幽,始则描写枫泾莲花泾、菱荡湾的幽谧景致,继则衬以一对情侣采莲撷菱并互对情歌的动人情景,欢快而热烈,颇能拨动读者的心弦。

竹枝词从民歌体裁演变为文人诗歌,充分证明了其具有历久不衰的艺术魅力,当然,这种诗歌的作者群体还是以中下层文人为主,观念正统而地位尊崇的诗人词家往往不屑为之。金山竹枝词的作者也多为"落拓江湖载酒行"或"躬亲稼穑"的布衣诗人,但他们的作品放笔直书,俗不伤雅,在浓郁的泥土气息中饱含对桑梓风物的挚爱之情,交织出一幅幅色彩斑斓的海乡风情图,诵读之余,令人齿颊生香而击节赞赏。这些俚雅相参的竹枝词作品,从价值定位而论,既是古典诗歌遗产,也是农耕文化遗产。

在当前党和国家大力实施乡村振兴战略的背景下,如何立足乡村文明,传承发展提升乡村优秀传统文化,已成为一个重要命题。上述金山竹枝词中蕴含着大量的乡土文化符号,综合反映出昔时金山的乡貌乡风乡俗,无疑是本土乡村优秀传统文化的杰出代表。有鉴于此,我们秉持"文旅融合"的全新理念,精心选编了本套"金山竹枝词"特色丛书,根据作品的描述主体及相关内容,分为"胜迹篇""风俗篇""风物篇"三种,每种一册,每册收录竹枝词作品150首左右,逐年推出,以生动呈现昔日金山的名胜古迹、民俗节俗、土特名产等乡村文化要素,以使广大市民读者及青少年领略传统,记住"乡愁"。为打通阅读障碍,阐发诗意内涵,书中所选竹枝词作品除正文之外,均附以专业的题解说明、注释、今译,另外,也酌配了部分图片,通过这种普及与提高相结合的形式,以提升本书的阅读趣味。我们希望,本书的编选和出版,能够为乡村振兴战略的文化篇章生色,并为推进江南文化研究、打响金山"上海湾区"城市品牌作出公共图书馆应有的贡献。

《金山竹枝词》编委会
2024年9月20日

目 录

风物土产

香粳粥	001	雪酒	027
春饼	003	腊酒	029
夏食	005	金钱蟹、橘酒	031
秋味	007	䖳蟹	033
冰鲜	009	紫壳蚬	035
河味鲜	011	料末茶	037
江乡食	013	旗枪茶、笋尖	039
丁蹄	015	金鱼	041
佳粽	017	鲥鱼	043
赤豆粽	019	乌背鲫	045
村醪	021	网鲈	047
刘酒	023	土物丰	049
双蒸酒	025	苔心菜	051

水红菱、雪练瓜	053	菱与豆	057
扁青豆	055	寒纱	059

乡村一角

乡韵浓	061	瑶阶桥	093
唳鹤	063	蒋家桥	095
衡门	065	张泾塘桥	097
夜裁衣	067	柘湖	099
众村墟	069	陂湖	101
村与桥	071	放生河	103
界河桥	073	山塘河	105
俊生桥	075	寒穴泉	107
祥通庵、三秀桥	077	芙蓉湾	109
瑞虹桥	079	凝紫湾	111
隆昌桥	081	落照湾	113
双桥	083	秦望山	115
圆明桥	085	翠微峰	117
竹行桥	087	查山	119
发源桥	089	文笔峰	121
濠桥、十亩桥	091	雪水泾	123

斗门泾	125	溪外	139
小南栅	127	采莼	141
园田汇	129	种旱瓜	143
露白亭	131	草与花	145
水仙亭	133	木棉花	147
得泉亭	135	打渔	149
半日程	137	渔船	151

市镇掠影

新桥集市	153	肥脂浜	173
春市	155	觉化浜	175
赸集市	157	打铁桥	177
油车巷、灯草田	159	晒布场	179
高阳里、紫石街	161	驾船	181
潜凤桥、百哥庄、巢林庵	163	文昌阁	183
新街、旱桥	165	同善会馆	185
网带、仓街	167	里中世医	187
秀南坊	169	卖花	189
缸甏汇	171	贩鱼	191

珍闻掌故

小凌关 193	和尚浜 213
孔家阙 195	卫城 215
乌龟坟 197	将台 217
斗蟋蟀 199	寓贤 219
《画雁诗》《吹笛图》201	韩瓶 221
万柳堤、白苎城 203	杨铁笛 223
龙虎榜 205	画前贤 225
行船 207	柏痴 227
琪花珍树 209	秋千 229
慕庐 211	

名人故迹

结庐 231	金粟道人 243
读书堆 233	清风阁 245
清芬书屋 235	梅花香窟 247
不碍云山楼 237	荷叶地 249
太仆宅 239	古贤里、砚子坟、
妙来斋 241	山晓阁 251

日光庵	253	话兴亡	263
尉迟坟	255	石湖	265
布政坟	257	宣公祠	267
将军墓、道士坟	259	晏公祠	269
竹园、将军墓	261	孟家祠	271

寺观寻踪

濮阳庙	273	性觉寺	287
关帝庙	275	白莲寺	289
镇海侯庙	277	宝云寺碑	291
城隍庙	279	玉虚观	293
梵香林	281	晏公堂	295
祇园	283	仁济道院	297
庵与寺	285	四香亭	299

作者简介汇录

风物土产

香粳①粥

(清)黄 霆

纺织秋来分外勤,施公②祠内赛③秋分。
香粳试煮新秫④粥,初次尝来齿颊⑤芬。

作者原注　香粳,粒小性柔。按田家于秋分后祭赛,施公神即宋施全也。

说 明

此首咏泛松江地区百姓秋日食香粳米粥之风俗。

注 释

① 香粳（jīng）：一种有香味的粳米。唐李颀《赠张旭诗》："荷叶裹江鱼，白瓯贮香粳。"

② 施公：南宋义士施全，因刺杀秦桧而为世人敬仰。

③ 赛：祭祀酬神。

④ 粞（xī）：碎米。宋陆游《老鸡》："碓下糠粞幸不乏，何妨相倚过余生。"

⑤ 齿颊（jiá）：牙齿与腮颊。

今 译

秋天过后，纺织的妇女们更加勤劳忙碌，大家都聚集在施公祠里祭祀神明。用一把新收的香粳稻熬成米粥，一口喝下去顿觉齿颊留香。

（倪春军　注译）

春 饼

(清)沈蓉城

野田荠菜未开花,卖听儿童叫唤哗。

一径条箱街①里去,及时春饼②正堪夸。

| 作者原注 | 条箱街在罗神桥西。春饼,食物名。 |

说明

此首介绍立春时节枫泾地方采荠菜、做春饼、吃春饼的民俗。

注释

① 条箱街：街名，在罗神庙桥西侧。

② 春饼：用面粉烙制的薄饼，常裹卷萝卜细丝和其他辛味蔬菜共食。吃春饼是中国民间立春饮食风俗之一，立春吃春饼有喜迎春季、祈盼丰收之意。宋《岁时广记》引唐《四时宝镜》记载："立春日食萝菔、春饼、生菜，号春盘。"明《燕都游览志》记载："凡立春日，（皇帝）于午门赐百官春饼。"到了清代，伴春饼而食的菜馅更为丰富。

今译

野田里的荠菜还没有开花，孩童们挖取后在街头巷尾叫卖着。他们一路吆喝着走进条箱街，立春时节做成春饼，美味值得夸耀。

（费明 注译）

夏 食

(清)黄 霆

冰簟①无尘六月凉,银刀镂②切雪瓜③尝。
脆梅甘豆④能消暑,莫向南桥索蜡黄⑤。

作者原注　雪瓜,出新市。脆梅、甘豆,以青梅制黑豆于中,能解渴暑。蜡黄,以绿豆退沙入糖蜜为片,南桥为佳。

说 明

此首咏夏日消暑美食雪瓜、脆梅、甘豆。

注 释

① 冰簟（diàn）：凉席。唐李商隐《可叹》："冰簟且眠金镂枕，琼筵不醉玉交杯。"

② 镂（lòu）：雕刻。

③ 雪瓜：金山亭林产甜瓜。

④ 脆梅甘豆：用青梅和黑豆做成的美食。光绪《松江府续志》记载："以青梅制脆，镂虚其中，黑豆巨者糜蠲之，用糖瀹豆汁充，炎月美供。梅已渴，黑豆性凉，消暑云。"

⑤ 蜡黄：一种用绿豆制作的甜点。嘉庆《松江府志》记载："冬月有之，名因色近也。以绿豆退沙入糖蜜香料，糅为膏片，而鬻绿性解热，时为珍庖尚之。"

今 译

炎炎夏日躺在干净的凉席上十分清凉，用刀切开一个雪瓜尽情品尝。既然脆梅甘豆可以消暑解渴，就不用再去南桥购买蜡黄了。

（倪春军　注译）

秋 味

(清)程兼善

九月十月水平湖,秋后垆头①兴不孤②。

小市盘餐无别物,双螯簖蟹四鳃鲈③。

作者原注 螃蟹捕于簖者,名簖蟹。四鳃鲈产溪北,相传不过南界,秋后此二味最美。

说 明

此首描写秋天的籪蟹和四腮鲈鱼两种美味,展现了当地市井秋日里惬意的生活。

注 释

① 垆头:旧时酒店安放酒瓮的土台,借指酒家。唐岑参《送》:"垆头青丝白玉瓶,别时相顾酒如倾。"

② 兴不孤:意为兴味正浓。宋黄庭坚《观崇德墨竹歌》:"我方得此兴不孤,造次卷置随琴书。"

③ 四腮鲈:旧时松江著名的水产,又名松江鲈。肉嫩而肥,鲜而无腥,有四腮,故称。

今 译

九月和十月,湖水平静如镜,秋后的酒馆里食客兴味正浓。在小市上用餐虽没有其他好的菜肴,但有双螯籪蟹和四鳃鲈鱼这样的水产。

(费明 注译)

冰 鲜

(清)黄 霆

卫城①城外尽沙滩,彭蜥沙钩②次第餐。

入夏黄鱼滋味好,千帆海舶③拥冰寒。

作者原注 金山卫城在府南七十二里。彭蜥、沙钩出海中。黄鱼即石首鱼,出淡水洋。打渔自用冰护之而归,谓之"冰鲜"。

说明

此首咏金山地区所产海鲜，兼及当时渔民用冰块保存海鲜的情况。

注释

① 卫城：指金山卫城。

② 彭蜛（yuè）：古书上记载的一种小螃蟹。沙钩，沙狗，螃蟹的一种。明冯时可《雨航杂录》记载："一曰沙狗，穴沙中，见人则走；或曰沙钩，从沙中钩取之也。味甚美。"

③ 海舶：出海打渔的船。

今译

金山卫城外是茫茫一片沙滩，沙滩上都是可以享用的彭蜛和沙钩。入夏以后黄鱼的滋味更为鲜美，出海的渔民用冰块保存捕捞的鲜鱼。

（倪春军　注译）

河味鲜

(清)陈 祁

河豚欲上荻①初芽,肥到鲎②鱼桃始华。
十月鳑鲏③九月蟹,水乡无物不堪夸。

作者原注 | 俗有"八鳗、九蟹、十螃鲏"之谚。

说明

此首咏枫泾水乡的时令河鲜。

注释

① 荻：多年生草本植物，形状像芦苇，生长在水边。

② 鲚（jì）鱼：又叫鲚鱼、刀鱼、鮤鱼，头生长得很长而狭薄，大的有一尺多长。宋苏轼《寒芦港》："还有江南风物否，桃花流水鲚鱼肥。"

③ 鳑（páng）鮍（pí）：一种小型淡水鱼。

今译

荻草发芽之际的河豚最鲜美，桃树开花之时的鲚鱼最肥腴。十月有鳑鮍鱼，九月有大螃蟹，江南水乡的每一样美食都令人夸赞。

（倪春军　注译）

江乡食

(清)丁宜福

江乡①食品赛苏州,小点②匆匆不用忧。
叶榭软糕③张泽饺④,亭林还有大馒头⑤。

作者原注 | 叶榭、张泽、亭林三镇,均分在浦南华亭界,时人谚曰:"亭林馒,张泽饺,叶榭软糕果然好。"今软糕尚为佳品。

说 明

此首描写金山、松江一带的点心美食，读来朗朗上口，又能对特产点心记忆深刻。

注 释

① 江乡：江南水乡，此处指金山、松江一带。

② 小点：小供应点，有小店之意。

③ 叶榭软糕：今松江叶榭特产小食，也是上海著名传统名吃，具有松、软、甜、香、肥五大特点，松软香甜而不腻。

④ 张泽饺：今松江张泽一带以青龙草为主料制作的饺子，绿得发亮，清香扑鼻。

⑤ 亭林馒头：金山亭林一带有馅的包子。馒头是用酒母发酵而成，饱满可弹，尝时带有酒香。有鲜肉馒头、猪油夹沙馒头，鲜美不腻，松软可口，远近闻名。

今 译

金山松江一带的美食胜过苏州，匆忙间路过小店也用不着担忧吃不上。叶榭有软糕，到了张泽有饺子，到了亭林还有大馒头。

（费明　注译）

丁 蹄

(清)程兼善

木棉花绽夜初长,村舍篝灯①纺织忙。
争似红楼②富家妇,豚蹄③烂熟劝郎尝。

作者原注　溪南有丁肆,煮豚蹄味美,远近争购之,名"丁蹄"。

> 说 明

此首介绍枫泾特产美食丁蹄。

> 注 释

① 篝灯：外罩有竹笼的灯火。宋王安石《书定林院窗》："竹鸡呼我出华胥，起灭篝灯拥燎炉。"
② 红楼：华美的楼阁，旧时指富家小姐的住处。唐白居易《秦中吟十首·议婚》："红楼富家女，金缕绣罗襦。"
③ 豚蹄：猪蹄。宋曾巩《里社》："何言茅箸古瓦瓯，稻饭豚蹄人得用。"

> 今 译

木棉花开、黑夜渐长，村舍里灯火一片，农妇们都在忙着纺纱织布。哪像华屋里的富家少妇，正在与郎君品尝烂熟美味的丁蹄。

（刘伟 注译）

佳 粽

（清）沈蓉城

江上葵花几种开，端阳①景物满街来。
登盘绿粽烦相馈，裹就菱秧②胜石灰③。

作者原注 ｜ 石灰汇在西栅。菱秧，粽名，亦有石灰粽。

说 明

此首写枫溪端午裹粽等风物习俗。

注 释

① 端阳：农历五月初五为端阳。午日为"阳辰"，午月第一个午日，故称端阳。亦称天中、端午、重午等。

② 菱秧：也叫菱角秧子或菱角泡子，即菱角的茎和叶子，系水乡常见食材，可以多种方式食用。新鲜菱秧洗净切碎，可辅以肉馅制成包子，味道鲜美。江南多地以茭白叶裹成的尖头小粽，称"菱秧粽"。

③ 石灰：旧时民间用石灰水浸泡糯米，选新鲜箬叶做的粽子，味道鲜美独特。

今 译

石灰汇上的几种葵花纷纷盛开，端午佳节的美景风物满街而来。装盘的翠绿粽子频繁地相互馈赠，裹好的菱秧粽滋味胜过石灰粽。

（张锦华　注译）

赤豆粽

(清)蔡维熊

秃尾驴乘短后衫①,问郎何处不巉岩②。
寄将角黍③安红豆,万种相思一寸缄。

作者原注 | 赤豆粽泾产。

说 明

此首介绍枫泾赤豆粽制作方法及其表相思之意的内涵。

注 释

① 短后衫：即短后衣，古代中国服式，流行于中原地区，属于后幅较短的上衣，便于活动，多为武士之衣，其名最早见于《庄子·说剑》。

② 巉（chán）岩：险峻的山石。唐李白《蜀道难》："问君西游何时还？畏途巉岩不可攀。"

③ 角黍：即粽子。宋梅尧臣《午日三首·其一》："空怀楚风俗，角黍吊沉魂。"

今 译

郎君身着短后衣，骑着驴子，试问天下哪里的路途不险峻呢？我要给你寄去包裹着红豆的粽子，小小一枚寄托着万般的相思。

（刘伟　注译）

村 醪

(清)陈金浩

刘家坊①里酒如何,浏水②溶溶淡碧波。
小醉江乡③十月白,茅檐扶出醉人多。

作者原注 | 刘酒以浏水酿成,近味稍减。十月白,村醪名。

说 明

此首咏松江刘家坊所酿乡间美酒"十月白"。

注 释

① 刘家坊：刘氏所开的酒坊，在松江泖浜一带。康熙《松江府志》记载："泖浜近有刘氏者，汲泖水仿三白法，酿酒味亦甘冽，俗号刘酒。"
② 泖水：泖浜的水。
③ 江乡：江河纵横的水乡。

今 译

刘家所酿的美酒滋味究竟如何？用来酿酒的可是泖浜清澈的河水。在江南水乡品味"十月白"的醇香，只见茅檐底下扶出一个个喝醉的人儿。

（倪春军　注译）

刘 酒[①]

(清)黄 霆

红市开樽[②]白雪香,沁人心肺带余凉。
谁将风味推三白[③],独让刘郎占醉香。

| 作者原注 | 雪香,松郡酒名。泖滨刘氏汲泖水,仿三白法酿酒,号"刘酒"。 |

说 明

此首咏松江刘家坊所酿美酒,参见前《村醪》诗注。

注 释

① 刘酒:酒为刘氏所酿,故名。

② 开樽:举杯。唐杜甫《独酌》:"步屧深林晚,开樽独酌迟。"

③ 三白:取白米、白面、白水酿造。一说因酿酒时节见芦白、棉白、霜白,故名。

今 译

举起一杯刘家酿制的白雪香美酒,酒香怡人还带着微微清凉。是谁把三白酿酒的风味推到极致,恐怕只有松郡的"刘酒"独领风骚。

(倪春军　注译)

双蒸酒

(清)沈蓉城

酿取双蒸酒①一卮②,落花舟渚系船宜。
剧怜白发难饶我,笑读宣城贡老③诗。

作者原注	双蒸,酒名。元贡师泰,宣城人,有《风泾舟中》诗云:"白发飘萧寄短篷。"

> 说 明

此首开篇介绍枫泾特产双蒸酒，又慨叹华发催老，抒发借酒浇愁之情。

> 注 释

① 双蒸酒：枫泾本地酒名，为蒸馏白酒，以特有酿造技术制作。
② 卮（zhī）：古代盛酒的器皿。
③ 宣城贡老：即贡师泰（1298—1362），字泰甫，号玩斋，今安徽宣城人，元代著名诗人、散文家。曾任吏部侍郎、兵部侍郎、礼部尚书，官至户部尚书。

> 今 译

我酿了一坛双蒸美酒，落花时节在江渚边泊船，悠闲地品着酒。看着镜中自己的白发，不禁感叹岁月无情。于是，我笑着读起了宣城贡老的诗，以此来安慰自己。

（费明　注译）

雪 酒[①]

(清)陈金浩

一肩凉粉水晶[②]融,藕白菱红满市中。
那得家家藏雪酒,珠兰[③]小架坐当风。

作者原注 | 六月市多凉物,以便行人。雪酒宜于夏,非下户所有。

说 明

此首咏清代云间地区夏日饮雪酒消暑之习俗。

注 释

① 雪酒：冬日小雪节气所酿的美酒。同治《新喻县志》记载："小雪节酿者名雪酒，封固数年，味厚香洌。"

② 水晶：形容凉粉晶莹剔透，如同水晶。

③ 珠兰：珍珠兰的省称，以其蓓蕾如珠，故名。近人郑逸梅《花果小品·珠兰》："珠兰一名金粟兰，亦称珍珠兰，常绿植物之一也。栽于园圃，茎高二三尺，有节。叶椭圆而厚，稍类茶。花黄绿，圆而甚小，无花被，为穗状花序，香气浓郁。珠兰与茉莉，同为炎夏之花，妇女尤喜戴之。"

今 译

小贩挑着一担水晶般的凉粉在街头叫卖，集市上堆满了雪白的莲藕和紫红的菱角。并不是每家每户都藏有冬酿的雪酒，可以惬意地坐在珠兰花架下把酒临风。

（倪春军　注译）

腊 酒

(清)程兼善

千家高阁拥团团,腊瓮开时兴最欢。
怪道①痴翁归隐早,但求一醉便休官②。

作者原注　溪上向出佳酿,腊月造者名"腊酒",尤旨。里人蒋明府文明有《归隐》诗云:"三年报政浑无事,一醉休官最可人。"自号飞来峰,人目之曰"白痴"。

说 明

此首介绍枫泾腊月酿酒之风俗。

注 释

① 怪道：怪不得，难怪。宋文天祥《出真州·其二》："怪道使君无见解，城门前日不应开。"
② 休官：辞去官职。唐李商隐《天平公座中呈令狐令公》："白足禅僧思败道，青袍御史拟休官。"

今 译

家家户户的阁楼上都簇拥着圆团团的酒瓮，待到腊酒开瓮时人们都兴致勃勃，难怪连蒋翁也早早归隐，他一醉方休后便辞去了官职。

（刘伟　注译）

金钱蟹①、橘酒②

(清)黄 霆

横泾小蟹号金钱,较似青溪③味更鲜。
细切橙丝携橘酒,常来三泖④问渔船。

作者原注　螃蟹出三泖者大,为泖蟹,出小横泾者为金钱蟹,出青浦潘荡者亦美。橘酒,出朱泾。

说 明

此首咏云间百姓携橘酒至泖湖一带购买金钱小蟹,极见兴味。

注 释

① 金钱蟹:出自横泾的小蟹。近人徐珂《清稗类钞》记载:"金钱蟹,小蟹也,以其形如钱,故名。产咸淡水间,有黑膏,可腌食。"
② 橘酒:用橘皮丝泡制的美酒。
③ 青溪:青浦的别称。
④ 三泖:上海松江、金山、青浦以及浙江平湖间带状相连的大湖荡,亦称泖湖。

今 译

横泾出产的小蟹叫作金钱蟹,味道比青浦泖荡的螃蟹更加鲜美。常有人带着橘皮丝泡制的橘酒,来泖湖一带询问渔家买蟹品尝。

(倪春军 注译)

泖[①] 蟹

(清)沈蓉城

泖蟹相看似蝃蛛[②],产由急水[③]异汾湖[④]。
三更竹簖[⑤]篝灯[⑥]守,几处鱼罾[⑦]草舍俱。

作者原注 | 急水,港名。蟹之小者,俗云"泖蝃蛛"。

说 明

此首描写夜间人们抓捕泖蟹的生动场景。

注 释

① 泖:湖名。又名三泖。在今青浦西南,松江西和金山西北,现已淤为平地。
② 蝃(dì)蛛:一种蜘蛛。
③ 急水:港名,在今青浦淀山湖附近。
④ 汾湖:位于江苏吴江和浙江嘉善交界。
⑤ 簖:拦河插在水里捕鱼蟹用的竹栅栏。
⑥ 篝灯:一种用竹笼罩着灯光的灯,可手提,又叫马灯。
⑦ 鱼罾(zēng):一种用木棍或竹竿做支架的方形鱼网。

今 译

泖蟹看起来就像蝃蛛那般密密麻麻,产自急水港而不是汾湖。三更时分,捕蟹人提着马灯放竹栅栏守候,几处捕蟹人把网收起来,满载着泖蟹回到草屋。

(费明 注译)

紫壳蚬

(清)沈蓉城

春蚬①河头论斗量,小船声喊晏②来忙。
侬家滋味曾谙得,紫壳③分明记马庄④。

作者原注 | 马庄港产蚬,紫壳,味胜他处。

说 明

此首介绍枫泾本地水产紫壳蚬上市时的畅销景象及其美味,别有一番乡愁寄托。

注 释

① 春蚬(xiǎn):指农历二月的河蚬。
② 晏:傍晚,黄昏。
③ 紫壳:指本地水产紫壳蚬,其壳内侧颜色为紫色,故名。
④ 马庄:马庄港,在今枫泾俞汇村的黄良甫河。

今 译

二月开春,河蚬上市,人们用斗来计量买卖,傍晚时分小船上的人们叫喊声最忙碌。你可曾记得蚬子的美味,最好的紫壳蚬要数马庄产的。

(费明 注译)

料末茶

(清)陈 祁

稻穧①堆场鸡犬哗,酒倾家酿不须赊。
盈瓯②青豆红芦菔③,客到先供料末茶④。

作者原注 | 以稻作堆曰"穧"。俗呼果茶曰"料末茶"。

说 明

此首咏秋收后饮酒喝茶之民俗。

注 释

① 稻穄（jì）：稻草堆成的草垛。
② 瓯（ōu）：小盆子。
③ 芦菔：萝卜。宋苏轼《狄韶州煮蔓菁芦菔羹》："中有芦菔根，尚含晓露清。"
④ 料末茶：水果茶。

今 译

高高的稻草垛周围鸡犬相鸣，自家酿的美酒尽情畅饮。盆子里摆满了青豆子和红萝卜，客人到访先奉上一杯甜美的果茶。

（倪春军　注译）

旗枪茶①、笋尖②

(清)陈 祁

小阁斜挑斑竹③帘,绿杨枝上扬青帘。
月台春凳④留郎坐,茶泡旗枪笋摘尖。

作者原注　｜　旗枪茶、笋尖,皆佳品。

说 明

此首分咏枫泾土特产旗枪茶、笋尖。

注 释

① 旗枪茶：旗枪茶是浙江杭州一带的扁形炒青绿茶，距今已有四百多年的生产历史。旗枪茶的叶芽尖削，形如枪头，叶片舒展，如同旌旗，因此得名。

② 笋尖：笋的尖嫩部分。宋范成大《大雨宿仰山翌旦骤霁混融云无乃开仰山之云乎出山道中作此寄混融》："猫头髡笋尖，雀舌剥茶粒。"

③ 斑竹：湘妃竹，竿部有黑色斑点，亦称"泪竹"。宋田锡撰著《斑竹帘赋》。

④ 春凳：古代的一种方凳，大多在女子闺房或卧室使用，一般只能并排坐两个人，又叫"二人凳"。

今 译

挑起阁楼上的斑竹窗帘，扬起柳条下的青色布帘。搬出闺中的座椅请你稍坐，摘下笋尖、泡上香茗请你品尝。

（倪春军　注译）

金　鱼

（清）黄　霆

亭亭慈竹①绕楼居，镇日②高眠③读道书④。
案上水晶盆一色，深红浅碧贮金鱼。

作者原注　慈竹，即陆玑《草木疏》所称南方子母竹也。金鱼出上海，鳞分五色，好事者蓄以为玩。

说 明

此首咏地产五色金鱼,色泽明丽。

注 释

① 慈竹:子母竹,又名慈孝竹。明宋诩《竹屿山房杂部》记载:"慈孝竹:夏笋出于竹内,冬笋出于竹外,有夏清冬温之情,故陆玑《草木疏》曰慈竹,又曰孝竹。"

② 镇日:整天。

③ 高眠:闲居。

④ 道书:道家典籍。

今 译

亭亭的竹子围绕着居住的小楼,整日闲居在此阅读道家典籍。几案上摆放着一个个水晶盘子,红盘绿盘里游动着五色金鱼。

(倪春军　注译)

鲥 鱼

(清)黄 霆

鲥鱼颜色烂①如银,海味群推②赛八珍③。
才得千钱易④一尾,满盘狼藉是何人?

| 作者原注 | 鲥鱼为海味珍品,价甚昂,下箸不易。 |

说 明

此首咏松江海味鲥鱼。

注 释

① 烂：明亮灿烂。
② 群推：公认，一致认为。
③ 八珍：原指八种珍贵的食物，后来指八种稀有而珍贵的烹饪原料。《周礼·天官冢宰》记载："食医，掌和王之六食、六饮、六膳、百馐、百酱、八珍之齐。"
④ 易：换，购买。

今 译

新鲜的鲥鱼闪耀着银色的光芒，它的鲜美被一致认为赛过八珍。用了千钱才买得一尾品尝，最后剩下的只有满盘狼藉。

（倪春军　注译）

乌背鲫

(清)程兼善

渔家惯住野塘前,开到菱花①便棹船②。
钓得竿头乌背鲫,小鲜也说是神仙。

| 作者原注 | 溪水,产鲫味美,夏日渔家以无饵得者,名"神仙钓",味尤胜。 |

说明

此首描写在偏僻的河塘里,乘着渔船钓乌背鲫的情景,生动活泼。

注释

① 菱花:水生植物菱的花。南朝梁简文帝《采菱曲》:"菱花落复含,桑女罢新蚕。"唐鲍溶《夏日怀杜惊驸马》:"五月清凉萧史家,瑶池分水种菱花。"

② 棹船:划船。宋陆游《晚归》:"梅市桥边弄夕霏,菱歌声里棹船归。"

今译

渔家习惯住在野外的河塘边,菱花盛开后的时节划船去钓鱼。钓到竿头上钩的乌背鲫鱼,这小河鲜品尝后也快活似神仙!

(费明 注译)

网 鲈

(清)沈蓉城

风翻白漾①卷菰蒲②,叶尽桑园噪冷乌③。
思向钓钩浜口去,教郎网捉四腮鲈。

作者原注　|　白漾,港名。桑园村、钓钩浜,俱地名。

说 明

此首描写了枫泾白漾港、桑园村、钓钩浜等地的土产。

注 释

① 白漾：即白漾港。
② 菰蒲：菰和蒲，皆为水生植物，此处借指湖泽或水生植物。南朝宋谢灵运《从斤竹涧越岭溪行》："苹萍泛沉深，菰蒲冒清浅。"宋张元干《念奴娇》："荷芰波生，菰蒲风动，惊起鱼龙戏。"
③ 冷乌：冬日里的乌鸦。

今 译

风儿吹过白漾港，卷起了水中的菰蒲。桑园村的桑叶已经落尽，只有乌鸦在树上叫着，有些冷冷清清。我想去钓钩浜，让情郎为我用网捕捉四腮鲈鱼。

（费明　注译）

土物丰

（清）曹 灶

胥浦红菱满路隈①，山塘白藕市成堆。
豆青最合供吟客②，粒粒皆从文字来。

作者原注 ｜ 文字圩，出蚕豆最佳。

> 说 明

此首介绍干巷农特产品菱、藕、蚕豆,生动活泼。

> 注 释

①隈:角落。清林占梅《乌眉崎遇雨》:"顷刻旋开霁,斜阳照路隈。"
②吟客:诗人。唐杜荀鹤《题江山寺》:"江上山头寺,景留吟客船。"

> 今 译

路边遍布来自胥浦的红菱,集市上满是产自山塘的白藕。那青青的蚕豆子最得诗人青睐,因为它每一粒都来自一语双关的"文字圩"。

(刘伟 注译)

苔心菜

(清)时光弼

酒熟鸡肥度岁①天,农家速客②不须钱。
朝来新摘苔心菜,换得青蚨③买海鲜。

作者原注 | 本乡苔心菜颇佳,驰名各处。

说明

此首描绘乡村新年鸡肥酒熟、设宴请客场景,兼赞乡情淳朴、乡人勤劳。

注释

① 度岁:过年。唐贾岛《送敫法师》:"度岁不相见,严冬始出关。"

② 速客:请客。元谢应芳《邀舒文允小酌》:"呼孙赍酒尊,速客聚圭荜。"

③ 青蚨(fú):虫名。传说青蚨生子,母与子分离后必会仍聚回一处,人用青蚨母子血各涂在钱上,涂母血的钱或涂子血的钱用出后必会回来,所以有"青蚨还钱"之说,因以"青蚨"称钱。唐寒山《诗三百三首·其一百二十》:"囊里无青蚨,箧中有黄绢。"

今译

新年之际,农家酒已酿好、鸡正肥美,农人们热情款待宾客,花钱也不多。他们清晨起早采摘新鲜的苔心菜,换取银钱购买美味的海鲜回来。

(刘伟 注译)

水红菱、雪练瓜

(清)蔡维熊

水菰菱嫩碧池秋,雪练瓜香玉甃①浮。
小阁更阑②人絮语③,一年一度笑牵牛。

作者原注　｜　水红菱、雪练瓜皆泾上产。

说明

此首描绘枫泾菱嫩瓜香、秋意浓浓之景象,兼记七夕佳节团圆相聚之欢愉。

注释

① 玉甃(zhòu):此处指水井。明彭孙贻《记园中草木十一首和二苏·其五》:"龙泉绿玉瓷,以养石上蒲。"

② 更阑:更深夜残。宋刘克庄《军中乐》:"更阑酒醒山月落,彩缣百段支女乐。"

③ 絮语:连绵不绝的低声细语。清王彦泓《即事十首·其七》:"絮语难终夜渐徂,素馨花气透纱厨。"

今译

池塘里水色澄清、红菱鲜嫩,漂浮在水井中的雪练瓜香气四溢。夜深人静,楼阁中犹有人在低声细语,人们正欢度七夕佳节。

(刘伟 注译)

扁青豆

(清)蔡维熊

沉水香浓鼍画①屏,郁金酒熟贮瑶瓶。
迟郎小饮加箧②好,芦菔轻红豆扁青。

作者原注　|　扁青豆,泾产。味最佳。

> 说 明

此首以女子口吻,介绍枫泾土产扁青豆,兼及郁金香酒。

> 注 释

① 罨(yǎn)画:色彩鲜明的绘画。唐元稹《刘阮妻二首·其二》:"芙蓉脂肉绿云鬟,罨画楼台青黛山。"
② 加箧:礼遇厚于常时。唐韦应物《送陆侍御还越》:"置榻宿清夜,加箧宴良辰。"

> 今 译

沉香浓郁,连画屏都被染上了香气。郁金香酒酿得正好,已盛放在精美的瑶瓶中。此刻我等郎君来小酌,菜品胜于往日,扁青豆与红萝卜相映,更添诗情画意。

(刘伟 注译)

菱与豆

(清)沈蓉城

地园常有果园无,物变①江乡②气候③殊。
冷水馄饨菱④未老,西风羊眼豆⑤才枯。

作者原注 地园浜、果园村、冷水湾并在镇南。馄饨菱、羊眼豆俱土产。

说 明

此首介绍枫泾的土产馄饨菱和羊眼豆。

注 释

① 物变：物产的变化。
② 江乡：江南水乡。唐李白《留别曹南群官之江南》："飘飘紫霞心，流浪忆江乡。"
③ 气候：指天气特征。唐白居易《雪中即事答微之》："莫道烟波一水隔，何妨气候两乡殊。"
④ 馄饨菱：形似馄饨状的菱，枫泾本地物产。
⑤ 羊眼豆：因其豆大似羊眼而得名，枫泾本地物产。

今 译

两种土产，地园浜里经常有，但果园村里没有，物产变化因为江南水乡的气候有很大差异。就像冷水湾的水变冷了，馄饨菱还没有完全成熟，而西风吹来时羊眼豆方才枯萎。

（费明 注译）

寒 纱

（清）黄 霆

满天霜露尚鸣机①，腊月②寒纱价甚微。
官税③才输私债④急，几曾裁剪作新衣？

作者原注　元熊涧谷《木棉歌》云："大儿来觅襦，小儿来觅裤。半以偿私债，半以输官赋。"颇尽其致。按，腊月名"寒纱"，布匹稍贬。

说 明

此首咏华亭百姓生活困顿之场景。

注 释

① 机：机杼，即织布机。
② 腊月：农历十二月。
③ 官税：官府的赋税。
④ 私债：私人的借债。

今 译

露浓霜重的深夜依然在勤劳织布，到了腊月布匹的价格更加低贱。刚交完官税又有私债要去偿还，哪里还有多余的棉布来做新衣？

（倪春军　注译）

> 乡村一角

乡韵浓

(清)沈蓉城

鱼乐渡①头春草生,马回塘外晚霞明。
聊将旧事参新语,引起梨园②无限情。

作者原注 | 鱼乐渡在西栅外。马汇塘,乡音作马回。梨园村,昔有邹姓,好音律,教优伶于此。

说 明

此首咏乡村风光，触景生情。

注 释

① 鱼乐渡：在枫泾清凉庵内，为李氏放生河。光绪《重修嘉善县志》记载："清凉庵，在县治东北四北区律字圩，宋时建，明吴道全重修。基地一亩二分，有李氏放生河，名鱼乐渡。"

② 梨园：指梨园村。光绪《重修嘉善县志》记载："梨园村，俗呼邹官人带。昔有邹姓好声乐，教优伶，曾居是村，故名。"

今 译

鱼乐渡口的春草已经十分茂盛，马回塘边的晚霞也十分灿烂。如果把过去的事情联系到当下的情景，就会勾起梨园村里无限的愁情。

（倪春军　注译）

唳 鹤

(清)陈 祁

一粒珠①圆野草稀,满湖秋水夕阳微。
而今清唳②华亭鹤,不见横江夜半飞。

作者原注　嘉善、华亭旧俱产鹤,里正其地,近来绝无闻者。
一粒珠,地名,在湖中。

说 明

此首咏华亭地区旧时飞鹤。

注 释

① 一粒珠:古代松江府湿地。嘉庆《松江府志》记载:"小湖,东南行入合掌桥,曰田家湾。今犹存水一衾,俗呼一粒珠,冬夏不竭,相传下有泉眼。"

② 清唳:鹤鸣声,因鹤鸣清响,故称。南朝梁吴均《主人池前鹤》:"摧藏多好貌,清唳有奇音。"

今 译

"一粒珠"湿地周围野草稀疏,落日的余晖洒在秋天的湖面。如今再也听不到仙鹤的清脆鸣叫,也看不见它们半夜飞过水面的身影。

(倪春军 注译)

衡 门[①]

(清)陈 祁

三径[②]虽荒足啸歌,小楼帘卷对清波。

驱车[③]廿载红尘里,孤负衡门风月多。

说 明

此首抒发作者厌倦尘俗、决心归隐之情。

注 释

① 衡门：衡木为门，指简陋的地方。《诗经·陈风·衡门》："衡门之下，可以栖迟。"

② 三径：小路。汉赵岐《三辅决录·逃名》："蒋诩归乡里，荆棘塞门，舍中有三径，不出，唯求仲、羊仲从之游。"后以三径指隐士居处。

③ 驱车：指外出谋生。

今 译

屋外的小路虽然荒凉但足以放歌，卷起小帘面对窗外的一泓清水。我自从外出谋生已经有二十多年，错过了这里几多的风花雪月。

（倪春军　注译）

夜裁衣

(清)陈 祁

青蚨一百三斤花,织布娘①声不住哗。
河②对大门勤夜作③,寒衣立等④授全家。

作者原注	棉花最贱,百钱三斤。俗呼促织曰"织布娘"。"河对大门做夜作",俗谚也。河,谓天河。

说 明

此首咏枫泾百姓深夜裁衣之劳作。

注 释

① 织布娘：蟋蟀。
② 河：指银河，天河。
③ 夜作：指夜里干活。这句俗谚比喻就着天光连夜干活。
④ 立等：立刻，马上。

今 译

一百铜钱可以买到三斤棉花，秋夜的蟋蟀不住地鸣叫。对着银河的天光连夜干活，希望全家能立刻穿上新的秋衣。

（倪春军　注译）

众 村 墟[①]

（清）沈蓉城

黄泥带水燕争衔，杨树飞花点客衫。
一路乘风经九曲[②]，太原桥外落轻帆。

作者原注　｜　黄泥溇、杨树下、九曲，俱系村名。

> 说 明

此首写旧时枫溪几处自然村落的春天风物,一句一画,别具风致情趣,引人遐想。

> 注 释

① 村墟:村落,村庄。晋陶渊明《归园田居》:"暧暧远人村,依依墟里烟。"唐王维《山中与裴秀才迪书》:"村墟夜舂,复与疏钟相同。"
② 黄泥、杨树、九曲:原注称"俱系村名",诗中皆语带双关,既是叙事,也是写景。

> 今 译

春燕争先恐后衔来潮湿的黄泥,杨花星星点点飞落游客衣衫。趁着春风走过九曲村弯弯村路,只见太原桥外归舟正落下轻帆。

(张锦华 注译)

村 与 桥

(清)沈蓉城

鹤颈残红落地轻,鸭头新绿①傍溪生。

泥桥不似闻贤断,好著蒲鞋②取次③行。

作者原注　鹤泾湾、鸭头溇、泥桥溇、蒲鞋浜,俱村名。闻贤桥,其半已断,亦名断桥。

说明

此首写旧时枫溪多个自然村风物景观,语多双关而诙谐,别有生趣。

注释

① 鸭头绿:江水的绿色。唐李白《襄阳歌》:"遥看汉水鸭头绿,恰似葡萄初酸醅。"宋苏轼《次韵王巩独眠》:"何人吹断参差竹,泗水茫茫鸭头绿。"

② 蒲鞋:蒲草编织的鞋子。有冬季蒲鞋和夏季蒲鞋之分。

③ 取次:次第,一个挨一个地。唐元稹《离思》:"取次花丛懒回顾,半缘修道半缘君。"

今译

鹤泾湾畔的残红轻轻零落一地,鸭头溇上新绿泛起于溪中。泥桥不像闻贤桥那样成了断桥,可以穿着蒲鞋漫不经心地走过。

(张锦华 注译)

界 河 桥

(清)陈 祁

界河桥下涨春波①,水鸟双双水上过。
妾在江南郎在浙,恰同牛女隔银河。

作者原注　|　界河桥为江浙分界,水北属江,水南属浙。

说 明

此首咏枫泾界河桥两岸风情,清新自然。

注 释

① 春波:春水。唐杜牧《送张判官归兼谒鄂州大夫》:"江雨春波阔,园林客梦催。"

今 译

界河桥下的春水荡漾,水鸟在湖面成对游过。我在桥北而你在桥南,就好像隔着银河的织女牛郎。

(倪春军 注译)

俊 生 桥

(清)沈蓉城

俊生桥①下暮潮冲,估客②停舟米市逢。
不道声传海慧寺③,梦回已打五更钟。

作者原注 | 俊生桥,颜俊生重建,在海慧寺前。

说明

此首写海慧寺前俊生桥晚景,颇见以声衬静之妙。

注释

① 俊生桥:又名北栅桥,近北栅枫泾中学旧址(现枫泾小学)。

② 估客:即贾客,商人。唐杜甫《滟滪(yàn yù)》:"舟人渔子歌回首,估客胡商泪满襟。"

③ 海慧寺:建于宋代,已毁,现仅存海慧寺井,位于今之施王庙内。1971年,海慧寺旧址改建为小学校舍。

今译

俊生桥下晚来潮水湍急迅猛,商人在米市旁纷纷靠岸停船。不料喧嚣的声音传到海慧寺,梦醒时分已经打过了五更钟。

(张锦华 注译)

祥通庵①、三秀桥②

(清)沈蓉城

禅庵最小是祥通,春日寻芳东复东。
侬住秀州塘③上久,盼迎三秀一桥中。

作者原注 | 祥通庵在镇东,三秀桥在东栅外,久圮。

说 明

此首写诗人春日寻芳枫溪旧迹祥通庵和三秀桥事,颇见雅兴。

注 释

① 祥通庵:原处枫泾南镇,毁于清末咸丰十年至同治二年末兵燹。

② 三秀桥:位于三秀塘(旧称七仙泾、雪水泾、三官塘),建于清朝。

③ 秀州塘:宋元时华亭县与秀州(今浙江嘉兴)间的水驿道,亦称官塘、大官塘,为金山与嘉兴间主要水运通道。今主要指西起七仙泾,东经朱泾镇北折至六里庵港的河道。

今 译

此地规模最小的禅庵名叫祥通,春天里一路向东前往寻觅芳踪。我久住于风光秀丽的秀州塘上,盼望到三秀塘上古石桥走一走。

(张锦华　注译)

瑞虹桥[①]

(清)沈蓉城

秋千架傍瑞虹桥,节届清明丽景饶。
记得横塘[②]吟好句,钱塘曾有客移桡[③]。

| 作者原注 | 瑞虹桥,俗呼"虹桥"。明钱塘瞿宗吉《过风泾》诗有"雨余新绿涨横塘"句。 |

> 说 明

此首描写清明时节枫泾瑞虹桥一带明丽风景,联想自然,意境遥深。

> 注 释

① 瑞虹桥:亦称虹桥,系明代所建石搁平板桥,位处枫泾南镇(原属浙江嘉善)。清康熙初年著名的"虹桥惨案"即发生于此。

② 横塘:原注引明钱塘瞿宗吉《过枫泾》诗有"雨余新涨绿横塘"之句。一般指古堤名,也泛指水塘。唐崔颢《长干曲》:"君家住何处?妾住在横塘。"宋贺铸《青玉案·横塘路》:"凌波不过横塘路,但目送、芳尘去。"

③ 桡(ráo):船桨。明冯梦龙《警世通言》:"舟人依命,将船放到亭边,停桡稳缆。"

> 今 译

依傍着瑞虹桥游人荡起了秋千,节气一到清明到处是美丽风景。记得前人吟咏横塘的好词丽句,原来曾有钱塘诗人划桨到此一游。

(张锦华　注译)

隆昌桥[①]

(清)沈蓉城

贸易隆昌百货全,包家桥口集人烟。
男携白布[②]来中市,女执黄花向务[③]前。

作者原注　|　隆昌桥,本名务前桥,在包家桥北,元设白牛务于此。棉花晚收者为霜花,色多黄。

说明

此首写旧时枫溪隆昌桥一带的棉纺织品和棉花贸易盛况，叙事简白。

注释

① 隆昌桥：即秀兴桥，位处枫泾镇南大街，南北向，跨市河，为二跨三拼石梁桥。东西两侧有"上海乐药让德助石栅""里人重建""癸酉冬月""上海乐药让德助石"等石刻，北跨桥堍面东有"秀兴桥"石刻。

② 白布：平纹白色棉布。明清两朝，松江府为全国棉纺织业基地，而枫泾是松江府棉纺织业中心之一。当时枫泾商业主要集中于南镇钩桥（今属嘉善）至界河桥一带，商铺、民宅鳞次栉比，有布庄上百家。

③ 务：官署名，多为掌管贸易和税收的机构。原注指白牛务。《重辑枫泾小志》卷一记载："元置巡司，并设白牛务。"

今译

隆昌桥一带贸易兴隆百货齐全，包家桥头人烟聚集是多么繁荣。男人们携带白棉布来到集市中，女人拿着晚收棉花直奔白牛务。

（张锦华　注译）

双 桥

(清)沈蓉城

虹影双分一水中,由来大小不相同。
试看广济桥[①]名别,自晓南丰[②]与二丰。

作者原注　广济桥以旁连小桥,故俗呼"大桥"以别之。南丰桥,即跻云桥,与二丰桥相近。

说 明

此首写旧时枫溪广济桥与南丰桥、二丰桥,颇见巧喻。

注 释

① 广济桥:由原注可知,其位处跻云桥(南丰桥)、二丰桥附近,均在古镇南栅。属排列石桥,接秀桥北堍,东西向,明景泰三年(1452),顾文昱建。

② 南丰:南丰桥,即跻云桥,属单孔石拱桥,明成化十三年(1477)顾谘、顾文昱建。位处枫泾南大街109号北侧,南北走向,跨市河,全长35.1米,宽3米,净跨5.45米,拱高2.9米。

今 译

双桥像彩虹影子横跨在一条河上,自古以来桥分大小,各有各的不同。一看广济桥的别称叫大桥,就明白小桥是指南丰桥和二丰桥。

(张锦华 注译)

圆 明 桥[①]

（清）沈蓉城

风急圆明桥水高，船行努力撼波涛。
后艄[②]须看妾操舵，前面未容郎放篙。

作者原注　｜　圆明桥，水最湍急，舟过颇难。

说 明

此首写旧时枫溪圆明桥下急水行船情形,还原船民生活,画面逼真。

注 释

① 圆明桥:排列石桥,跨定光塘(林家塘),东西向(今圣堂弄底),明洪武元年(1368)王仁本建。
② 后艄(shāo):船尾,船舵。

今 译

圆明桥下水位在疾风中不断涨高,航船在浪涛中奋力行进。船艄上必须靠我掌控船舵,船头上郎君不要松懈船篙。

(张锦华 注译)

竹 行 桥[①]

(清)沈蓉城

竹行竹尽尚名桥,孤馆[②]灯残夜寂寥。
未识玉人[③]何处是,当年倚竹并吹箫。

作者原注 | 竹行桥,昔有庄姓卖竹于此,故名。

说明

此首写旧时枫溪竹行桥风情掌故,有抚今追昔之感,颇见沉郁。

注释

① 竹行(háng)桥:原为木桥,名"登云",建于明代,后更名。今位处枫泾"三桥"景区。

② 孤馆:孤寂的客舍。唐许浑《瓜州留别李诩》:"孤馆宿时风带雨,远帆归处水连云。"宋秦观《踏莎行》:"可堪孤馆闭春寒,杜鹃声里斜阳暮。"

③ 玉人:指容貌美丽的人。唐杜牧《寄珉笛与宇文舍人》:"寄与玉人天上去,桓将军见不教吹。"唐元稹《莺莺传》:"隔墙花影动,疑是玉人来。"

今译

竹器行里竹子没了,桥名却还叫竹行,孤寂的客舍里夜灯残焰一派寂寥。不知道那美丽的人儿如今在哪里,当年她曾倚着竹子吹起洞箫。

(张锦华 注译)

发 源 桥

(清)沈蓉城

竹樯①初起趁平潮②,牵用长绳去路③遥。
从此送郎惟一语,回头莫忘发源桥。

作者原注 | 竹樯泾在西栅外,长绳牵在白牛荡西。发源桥,俗称"钱家桥"。

说明

此为一首情诗,借描写竹樯泾、长绳牵、发源桥三处地名,含有双关语意,表达女子送郎君远行的情感。

注释

① 竹樯(qiáng):即枫泾的竹樯泾。

② 平潮:当潮位达到最高或最低值时,有一段短暂时间,水位比较平稳,称为平潮或停潮。唐周朴《绝句》:"平潮晚影沉清底,远岳危栏等翠尖。"宋韩元吉《剡溪道中五首》:"平潮恰恰乱蛙鸣,断送江南春雨晴。"

③ 去路:前进的路途。唐杜荀鹤《送友人宰浔阳》:"高兴那言去路长,非君不解爱浔阳。"唐贾岛《赠胡禅归》:"祖师携只履,去路杳难寻。"

今译

趁着河水平潮时从竹樯泾撑船起航,牵着长绳,去前方的路途遥远。从此处送给郎君一句话,以后回头时不要忘了发源桥。

(费明 注译)

濠桥、十亩桥

(近代)高 燮

柔桑①一带绿如描,十亩桥连濠上桥。
稳坐观鱼有真乐,覆苹濡沫自逍遥。

作者原注

濠桥、十亩桥在山庄前,为观鱼之处,皆余所筑。按:十亩桥前建,木质,接通两堤,其后于丁卯冬间,以形家言,将堤门筑断,改开于堤之西南口,桥亦卸去。又后数年,重建石质平桥于柳岸之北,仍名十亩养鱼之处,后经开放濠桥,亦已不存。

说 明

此首介绍旧时张堰的濠桥、十亩桥一带的景致。

注 释

① 柔桑:始发芽的桑树。唐杜甫《绝句漫兴九首·其八》:"舍西柔桑叶可拈,江畔细麦复纤纤。"

今 译

刚冒嫩芽的桑树连绵一片绿意盎然,十亩桥与濠桥相连横跨在水面之上。静坐桥边赏鱼,浮萍轻掩水面,鱼儿嬉戏其中,别有一番逍遥自在。

(刘伟 注译)

瑶阶桥

(近代)高 燮

乡村三五石桥横,露湿瑶阶①鸡犬声。
泽在梓桑②碑在口,高翁积善利人行。

作者原注　瑶阶桥在老宅西南半里弱,近斋公建石梁以十数,此其一也。

说 明

此首追忆高氏祖上修桥善举,睹物思人。

注 释

① 瑶阶:玉砌的台阶,亦用为石阶的美称。唐卢照邻《临阶竹》:"封霜连锦砌,防露拂瑶阶。"
② 梓桑:即"桑梓"。古代常在家屋旁栽种桑树和梓树,后人用桑梓比喻故乡。明阮大铖《寄怀谪居友人》:"无地无遗薇,安用怀梓桑。"

今 译

三五座石桥横跨于乡间河滨之上,清晨的露水打湿了石阶,鸡犬之声此起彼伏。近斋公修桥惠泽乡里留下口碑,这一善举有利于人们的交通出行。

(刘伟 注译)

蒋家桥

(近代)高 燮

秋高九月稻登场,背负肩挑过石梁。
远近农人咸额手①,行歌晋祝②母康强。

作者原注 蒋家桥在宅南里许,向系木质,朽坏几不能行。吾母李节孝年八秩时,移称觞费千金易以石,余因旧名一音之转,名曰奖稼,悯农劳也。

说 明

此首借景抒情,以农人秋收场景赞颂高母李节孝修桥善举。

注 释

① 额手:举手齐额,以表敬意。明申叔舟《寄洪允成助战咸吉》:"伏钺专征两鬓春,都人额手望行尘。"
② 晋祝:敬辞,祝寿之意。

今 译

九月稻谷丰收,农人背负肩挑路过石桥。他们每每经过都要举手齐额,边走边唱祝祷我的母亲健康长寿。

(刘伟 注译)

张泾塘桥

（近代）高燮

邑中干水数张泾，浚治①居然不日成。
更建石梁一十六，微劳惭听诵欢腾。

作者原注　张泾，自张堰以达松隐，其长三十里，淤塞日甚，癸亥之春，由余等督为浚治，工竣后更于两塘坚筑广衢，并建石桥十六座，余捐建八座，又募建八座，有《建筑张泾塘石桥记》，见文集。

说 明

此首介绍张泾河疏浚整治及桥梁建设之工程。

注 释

① 浚治:疏通河道,修治水利。宋邹浩《渡汶河》:"浚治早经神禹手,若为汩汩尚西行。"

今 译

镇域内河流众多,张泾河为其主干,我们不久就完成了疏浚整治的工程。还建造了十六座石桥以便于通行,听到人们赞许这微薄的贡献,我心生惭愧。

(刘伟 注译)

柘 湖

(近代)高 燮

柘湖本以柘山闻,当日湖流浩淼①浑。
山只一拳深竹②里,湖全湮灭柘无存。

作者原注 柘山今呼甸山,在张堰南。五代时,湖与海通,《吴地记》称柘湖,周围五千一百十九顷,中有小山生柘树,因名。

说 明

此首介绍"柘湖"的名称由来及其地理环境变化,今昔对比,感慨无限。

注 释

① 浩淼:水面广阔。宋吕本中《渡莺湖至溪上即事·其一》:"陂塘浩淼水光阔,烟寺中流岛屿孤。"

② 深竹:茂密的竹林。唐李白《夜泛洞庭寻裴侍御清酌》:"抱琴出深竹,为我弹鹍鸡。"

今 译

柘湖原本是以柘山而闻名,那时湖面广阔无边、水势浩荡。如今柘山如拳头般大小藏在这茂密的竹林之中,柘湖已全然干涸,甚至连柘树都不复存在了。

(刘伟 注译)

陂① 湖

(清)陈 祁

花间柳外半陂湖,云影烟光乍有无。
安得鹅溪②千尺绢,画成百幅卧游③图。

| 说 明 |

此首咏枫泾陂湖水景风光。

| 注 释 |

① 陂（bēi）：池塘。
② 鹅溪：地名，在四川省盐亭县西北，以产绢著名。
③ 卧游：指驾船游于湖上。

| 今 译 |

　　花丛柳树中有这一个大湖，湖面上的天光云影共徘徊。如果能得到鹅溪的千尺素绢，我就在上面画出一百幅《陂湖卧游图》。

（倪春军　注译）

放 生 河

（清）沈蓉城

北桥①前后放生河②，河畔我家族姓多。
老屋共看留庆③在，一渠清水静无波。

作者原注	北寺桥，一名北桥，留庆河、清水泾俱在其西。放生河，吾家祖业，禁人捕鱼。

说明

此首渲染诗人聚族而居之放生河周遭幽静环境,诗境清丽。

注释

① 北桥:原注北寺桥,即惠安桥,位于枫泾镇北大街338号南侧,清康熙二十六年(1687)建。单跨梁桥,南北走向,跨镇市河。花岗石质,全长15.3米,宽2.75米,净跨4.2米。

② 放生河:枫泾南北向市河古称枫溪,贯通老街南北,从秀兴桥经致和桥,过通济桥北上段即诗中所谓放生河。

③ 留庆:即留庆河,近北寺桥和赵家弄,清代海慧寺八景之一。

今译

北寺桥前后是我家祖业放生河,我家世世代代在河边聚族而居。老屋族人共看留庆河潺潺而过,还有清水泾静静流淌,波澜不兴。

(张锦华 注译)

山 塘 河

(近代)高 燮

牌楼亭子互相望,水色迢迢①十里长。
安得黄金过百万,尽情点缀好山塘。

作者原注 | 牌楼漾、亭子桥均为山塘胜处。

说 明

此首描绘山塘河胜迹牌楼漾、亭子桥,铺陈水流悠远绵长的景象。

注 释

① 迢迢:水流绵长。唐杜甫《塞芦子》:"五城何迢迢,迢迢隔河水。"

今 译

山塘河畔牌楼漾与亭子桥彼此相望,河中水色绵延十里之长。怎么能拥有百万黄金,让我尽情装点这美丽的山塘。

(刘伟 注译)

寒 穴 泉

(清)丁宜福

金山①一点望如仙,四面云涛浪拍天。
新水好从寒穴汲②,教人那数惠山泉③。

作者原注　金山在府东南大海中,咸水浸灌,而山顶寒穴泉味独甘洌,宋毛滂作《寒穴泉铭》,以为与惠山不分差等。

> **说 明**

此首描写金山岛的地理风貌,并赞美岛上的天然泉水寒穴泉。

> **注 释**

① 金山:应指大金山岛。五代以前称"钊山",五代后晋以后称"金山"。

② 汲:取水。

③ 惠山泉:位于江苏无锡西郊惠山山麓。相传经唐代茶学家陆羽亲品其味,评之为"天下第二",故又名"陆子泉"。

> **今 译**

远远望去大金山岛就像仙境一般,四周的洪涛不断拍打着海天一线。这新水最好从岛上的寒穴汲取,其味甘美,让人哪里还记得号称"天下第二"的惠山泉。

(费明 注译)

芙 蓉 湾

(清)沈蓉城

芙蓉①水贮一湾②幽,湾为花添一段秋③。
爱煞芙蓉花似玉,那堪④相对石人头⑤。

作者原注 | 芙蓉湾、石人头俱地名,在小桥内。

说明

此首描写枫泾芙蓉湾的动人景致,荷花与石人头形成对照,提升了诗意。

注释

① 芙蓉:荷花的别称。唐白居易《长恨歌》:"归来池苑皆依旧,太液芙蓉未央柳。"

② 一湾:即芙蓉湾,在枫泾东港,与清风阁毗邻。

③ 一段秋:一抹秋色,也寓意"愁",与后两句形成呼应。宋赵鼎《役所书事用山谷观化韵·其四》:"涌金亭下烟波阔,聊作西湖一段秋。"宋张孝祥《石惠叔以石斛为贶因笔赋诗》:"截得苍山一段秋,千峰万壑翠光浮。"

④ 那堪:怎堪;怎能经受。宋晁补之《万年欢》:"那堪羌管惊心。也随繁杏抛掷。"

⑤ 石人头:地名,此处又寓意为木讷而无趣的男子。

今译

荷花在芙蓉湾里贮满清幽,芙蓉湾则因为荷花而增添了一抹秋色。如玉般的荷花惹人喜爱,又怎能面对这木讷而无趣的石人。

(费明 注译)

凝紫湾

(近代)高燮

凝紫湾头水拍天,潮平风正片帆①悬。
秋高好向塘桥立,西望秦山气郁然②。

作者原注　银子汇,又名银子湾,当张泾一折处,为张堰之门户。曩极浅狭,自经浚治,较原形大逾数倍,舟行至此,有浩荡容与之乐焉。由此以望秦山,佳气葱郁。余因易"银子"二字为"凝紫塘",建一桥,遂名凝紫桥,即十六塘桥之一也。

说 明

此首描绘张堰凝紫湾风正潮平、宁静优美的风貌。

注 释

① 片帆：孤舟。唐李白《江行寄远》："疾风吹片帆，日暮千里隔。"

② 郁然：繁盛貌，兴盛貌。宋赵抃《郁孤台》："群峰郁然起，惟此山独孤。"

今 译

凝紫湾头水波荡漾，潮水与岸相平，一帆高悬顺风而行。秋高气爽的日子，我喜欢站在塘桥之上，向西望去，只见秦望山佳气氤氲。

（刘伟 注译）

落照湾

(近代)高燮

绿波红树得秋多,指点天空一鸟过。
我向溪南看落日,湾头毕竟①最嵯峨②。

作者原注 | 落照湾在朱泾市南。

说 明

此首描绘朱泾落照湾秋日傍晚时分的自然景色,别有一番神韵。

注 释

① 毕竟:到底、终归。宋辛弃疾《菩萨蛮·书江西造口壁》:"青山遮不住,毕竟东流去。"

② 嵯峨:形容高峻或盛多,此处形容水面辽阔、景色壮丽。唐贺知章《相和歌辞·采莲曲》:"稽山云雾郁嵯峨,镜水无风也自波。"

今 译

落照湾绿波荡漾,周边红树环绕,秋色在这里格外浓郁。我抬头望向天空,只见一只飞鸟掠过。走到朱溪的南边凝望着落日,到底还是这湾头的景色最为壮丽。

(刘伟 注译)

秦望山[①]

(清)丁宜福

秦望山高海气吞,祖龙[②]往事渺难论。
枉叫徐福[③]求灵药,不取长生草一根。

作者原注	秦望山在金山界,始皇登此山望海,故名。山出异草,曝藏笥中,沃以沸汤,即鲜翠如生,名"长生草"。

说 明

此首描写张堰秦望山兼及秦始皇求取长生不老仙丹之事。

注 释

① 秦望山：位于金山区张堰镇西部，海拔30.5米。相传秦始皇南巡，曾登此山望海，故名之。

② 祖龙：秦始皇别称。《史记·秦始皇本纪》："秋，使者从关东夜过华阴平舒道，有人持璧遮使者曰：'为吾遗滈池君。'因言曰：'今年祖龙死。'"唐鲍溶《经秦皇墓》："谁识此中陵，祖龙藏身处。"宋陆游《舟中作》："祖龙虚负求仙意，身到蓬莱却不知。"

③ 徐福：秦代著名方士，秦始皇二十八年（前219），徐福受秦始皇之令，率童男童女三千人东渡瀛洲，为其寻找长生不老药。

今 译

秦望山高耸挺拔，仿佛能吞噬海上的云气，关于秦始皇的往事已经难以追寻。他白白地派徐福去海外寻找仙药，却不曾采用秦望山所产的长生草。

（费明 注译）

翠 微 峰

(近代)高 燮

翠微峰上一昂头,隐隐如闻大海流。
最是高秋[①]能远眺,樯帆[②]指点白沙鸥。

作者原注　｜　翠微峰在秦山之巅。

说 明

此首描绘翠微峰上壮丽风光,颇为豪放。

注 释

① 高秋:秋高气爽的时节。南朝梁沈约《休沐寄怀》:"临池清溽暑,开幌望高秋。"

② 樯帆:船上的风帆。宋梅尧臣《和韩钦圣学士襄阳闻系亭》:"樯帆落处远乡思,砧杵动时归客情。"

今 译

站在翠微峰上抬头仰望,隐隐中仿佛能听到大海的波涛声。尤其是在这高爽的秋天视野开阔,远望可见船帆伴随海鸥一路航行。

(刘伟 注译)

查 山

(近代)高 燮

海上仙人查玉成,炼丹山下忽飞升。
仙乡终古留遗迹,故老①犹传丹井名。

作者原注　查山因查玉成得名,在张堰南,山有浴丹井、炼丹室,山下曰仙山乡。

说 明

此首介绍查玉成修仙炼丹之传说,兼及查山得名由来。

注 释

①故老:年高而见识多的人。晋陶渊明《连雨独饮》:"故老赠余酒,乃言饮得仙。"

今 译

唐代道士查玉成是海上的仙人,他在炼丹的查山下飞升成仙,仙山乡至今都留有遗迹,老人们口口相传那处被称为丹井的地方。

(刘伟 注译)

文笔峰[1]

(清)沈蓉城

文笔峰临夕照间,峰高土积屹如山。
凭郎记取崇文意,莫共坟山作一班[2]。

作者原注 | 文笔峰在南栅,坟山在俞家桥。

说 明

此首赞美枫泾文笔峰的气势和气质,并揭示了该峰的内涵与寓意。

注 释

① 文笔峰:在枫泾仁济道院南,土堆而成,挺秀如文笔,故名。

② 一班:表数量,一批,此处有一起类比之意。宋秦观《次韵宋履中近谒大庆退食馆中》:"翠华初到殿中间,三馆诸儒共一班。"

今 译

文笔峰在夕阳的映照下耸峙,它由土层堆积,屹立如山。请君记得崇尚文治之意,不要将文笔峰与坟山放在一起类比。

(费明 注译)

雪水泾

(清)沈蓉城

燕来园笋①味堪嘉,竹茂杨家共几家。
通得横泾有雪水②,为郎留取试煎茶。

作者原注 | 笋有燕来、杜园二种。杨家浜,村名,多竹园。横泾,地名,有堰,与雪水泾不通。

说明

此首写旧时枫溪雪水泾早春风物,格调清新。

注释

① 燕来园笋:燕来笋,取意燕子来时所长,在枫溪一带亦称为早笋。

② 雪水:即雪水泾,《娄县志卷四·山川志上》:"雪水泾,在秀州塘北,东流,左过诸家浜屈北过北荡口。……雪水泾口,在枫泾镇东秀州塘北岸诸家浜西,北通白牛塘北荡,南通秀州塘,东通屈家浜。"

今译

燕来园笋堪称时鲜美味,杨家浜竹林繁茂住着多少人家。如果清澈的雪水泾与横泾相通,就可以为您留取雪水煎煮春茶。

(张锦华 注译)

斗门泾[①]

(清)沈蓉城

机中织女未曾停,田畔牵牛正放青[②]。

岂有河源穷到此,忽焉[③]撞入斗门泾。

| 作者原注 | 斗门泾在东栅。 |

说 明

此首写旧时枫溪斗门泾一带农村生活场景,格调自然清新。

注 释

① 斗门泾:水名。斗门,古代堤、堰所设放水闸门或横截河渠运河,用以壅高水位的闸门。《旧唐书·职官志三》:"(都水监使者)凡虞衡之采捕,渠堰陂池之坏决,水田斗门灌溉,皆行其政令。"今专指灌溉渠道上斗渠进水口的启闭设施,用以调节进入斗渠的水量。

② 放青:指把牲畜赶到野外吃草。清纪昀《阅微草堂笔记》:"其子曰柱儿,言昔往海上放青时,有灶丁夜方寝,闻室内窸窣有声。"

③ 忽焉:快速貌。《左传·庄公十一年》:"禹汤罪己,其兴也悖焉;桀纣罪人,其亡也忽焉。"汉孔融《论盛孝章书》:"岁月不居,时节如流,五十之年,忽焉已至。"

今 译

织布机上的织女辛勤劳作不停手,稻田边放牛郎正忙着赶牛吃草。哪里来的河水到这里就流到尽头,刹那之间却又一头撞进了斗门泾。

(张锦华 注译)

小 南 栅[①]

(清)沈蓉城

斜河[②]影没树中底,月照砖场渐转西。
狗巷吠声喧未绝,小南栅里又鸡啼。

作者原注　砖场在定光巷南,狗巷在镇西,小南栅在通济桥西。

说明

此首写旧时枫溪小南栅一带日常自然风物,一气呵成。

注释

① 小南栅:自然村落名。原注"在通济桥西"。旧时枫泾四周东、南、西、北为栅,因村落位处镇南,故名小南栅。栅,当地方言音"sa",去声。

② 斜河:自然状态下,水流因水势河床突然发生变化,其主流急剧转弯,流向大体垂直于河道或与河道有较大的夹角,顶冲滩岸或直冲大堤的现象。主流顶冲滩岸或大堤角度接近直角时,为横河;夹角在45度至90度时,为斜河。

今译

斜河波光的影子隐没在树荫底下,月亮照着砖场渐渐地转向了西面。狗巷中传来吠声喧嚣整夜没断过,小南栅一带又传来了鸡叫的声音。

(张锦华 注译)

园田汇[①]

(清)沈蓉城

麦陇[②]红花绣几围,篷窗风暖飓[③]单衣。
莫教打鸭园田汇,惊起鸳鸯白地[④]飞。

作者原注 | 园田汇,俗作沿田,在海慧寺旁。白地,在镇西。

> 说 明

此首写旧时枫溪园田汇一带田园风物,江南春来,风光旖旎。

> 注 释

① 园田汇:据《中国地方志·上海市·金山县志》载,海惠院(海慧寺)内曾有水波壁、留春亭、转藏殿、精进阁、金沙滩、园田汇、留庆河、八角井八景。

② 麦陇:麦田、麦田中的小路。唐李白《赠徐安宜》:"川光净麦陇,日色明桑枝。"宋欧阳修《山斋戏书绝句》:"蜜脾未满蜂采花,麦陇已深鸠唤雨。"

③ 飏(yáng):飞扬,飘扬。晋陶渊明《归去来兮辞》:"舟遥遥以轻飏,风飘飘而吹衣。"唐许浑《送客归峡中》:"江风飏帆急,山月下楼迟。"

④ 白地:未耕种、无庄稼的田地。

> 今 译

麦陇上红花草像刺绣绣了好几层,暖暖的春风吹进篷窗扬起了单衣。不要猎杀园田汇里悠游自在的野鸭子,吓得鸳鸯从未耕种的荒地里飞起。

(张锦华 注译)

露 白 亭

(清)曹 灶

河合西去鱼池东,几处虹桥①来往通。
徒向亭中怀白露,谁从坊外挹清风。

作者原注　|　道院有露白亭。

说 明

此首描绘干巷露白亭周边园林景致,触景生情,感时伤怀。

注 释

① 虹桥:拱曲如虹的长桥。唐刘禹锡《白舍人曹长寄新诗有游宴之盛因以戏酬》:"水通山寺笙歌去,骑过虹桥剑戟随。"

今 译

从河台往西行直至鱼池之东,几座彩虹般的桥梁横跨河面四通八达。我在亭中怀想着清秋的白露,又有谁能从繁华的街坊之外撷取高洁的清风呢?

(刘伟 注译)

水 仙 亭

（近代）高 燮

一旦桥成高蒋泾，桥边更起水仙亭。
倦翁扶杖群争望，愿祝斯人①到百龄。

| 作者原注 | 高蒋泾即松隐塔河，其桥与亭，为里人陈鹭等建于民国十九年己巳，余别有桥亭二记，见文集。 |

说 明

此首介绍乡人陈鹭等建造高蒋泾石桥与水仙亭之义举。

注 释

① 斯人：那人，此处当指建造桥梁与水仙亭的乡人。晋陶渊明《拟古九首·其二》："斯人久已死，乡里习其风。"

今 译

高蒋泾上的桥建成后，桥旁又建起了一座"水仙亭"。拄杖而行的老人也争相围观，祝福修造之人安康长寿。

（刘伟　注译）

得泉亭[1]

(清)沈蓉城

得钱井汲得泉亭,井象星符[2]星象[3]灵。
别有荒园八角井[4],偏如缺月不如星。

| 作者原注 | 得泉亭在致和桥东,其处旧有七井相连,名"七星井"。八角井,在海慧寺南。 |

说 明

此首写旧时枫溪得泉亭一景,语近饶舌,自有谐趣。

注 释

① 得泉亭:相传明时秀才顾文昺整修致和桥东地面时挖出铜钱。致和桥东原有枯井一眼,顾氏用挖地所得的钱将枯井疏浚一新,供人免费使用,并修筑一亭于井上,名"得泉"。"得泉",即得钱也,一语双关。

② 星符:原注称致和桥东原有"七井相连",号"七星井"。

③ 星象:星体的明、暗及位置等现象。唐刘长卿《瓜洲驿奉饯张侍御》:"星象衔新宠,风霜带旧寒。"

④ 八角井:宋时海慧寺八景之一,因井圈呈八角形得名,为国内现存不多的宋代形制古井之一。

今 译

得泉亭里有得钱井可以汲取清泉,得钱井多像七星相连星象多灵妙。别有一处荒园中废弃的八角古井,却像残缺月亮一样不像七星连环。

(张锦华　注译)

半 日 程

(清)沈蓉城

武水塘从堰底探,片帆影掠大湾南。
茶亭①直至张泾江②,六里庵③过九里庵④。

作者原注 | 堰底、大湾,俱地名。茶亭,以施茶得名。

说 明

此首咏行船半日沿途景物,圆转层折。

注 释

① 茶亭:原枫泾南镇古迹,今已湮没。

② 张泾汇:古河道名,指嘉善境内华亭塘中段部分。

③ 六里庵:光绪《重辑枫泾小志》记载:"三官堂,在善善庵南,俗呼六里庵。创建莫考,同治中废,光绪元年沈晋康等建凉亭于其址。"

④ 九里庵:嘉庆《松江府志》记载:"元制,松江府急递铺一十有四:自枫泾东接泥滑桥为十二里,泥滑桥东接朱泾,朱泾东接九里庵,九里庵东接李塔汇,李塔汇东接吉阳汇,皆为九里。"

今 译

武水河的护塘从堰底探出,船帆经过了大湾湖的南面。从茶亭出发直到张泾汇,又从六里庵来到九里庵。

(倪春军 注译)

溪 外

(清)程兼善

纵横绣陌①稻千塍②,红粟③年年胜海陵④。
毕竟逃名⑤溪外好,玉山佳处劝郎登。

作者原注　山亦有茜泾。玉山,即指昆山。然考郡志载,张士诚入吴,仲瑛遁迹嘉兴,或因名同而偶寄,未可知也。

说 明

此首介绍枫泾镇外乡村稻粟丰产景况。

注 释

① 绣陌：秀美的郊野小路。元耶律铸《大道曲》："春风吹绣陌，花满帝乡树。"

② 塍（chéng）：田间的土埂，小堤。唐宋之问《龙门应制》："东城宫阙拟昭回，南陌沟塍殊绮错。"

③ 红粟：海陵盛产红色稻米，人们称之为海陵红粟，后亦指丰足的粮食。宋王禹偁《赠吕通秘丞》："闻君公事苦喧卑，红粟堆边独敛眉。"

④ 海陵：古县名，今江苏泰州市。

⑤ 逃名：逃避声名而不居。唐司空图《归王官次年作》："酣歌自适逃名久，不必门多长者车。"

今 译

枫泾郊外道路纵横，稻田相连成片，红稻年年丰收，超过海陵之地。终究是隐居溪外更惬意，不远处的昆山胜境也值得一去啊。

（刘伟　注译）

采 莼[①]

(清)陈 祁

章练塘东泖塔湾,采莼人在水云间。
冬舂[②]未熟潮头至,三九[③]行程顷刻还。

作者原注　章练塘,三国时吴王练兵于此,故名。泖塔在泖湖中,湖产莼菜。冬舂,米名。凡海潮到处,船必随潮来往,其行甚疾。俗计程以九为准。

> 说 明

此首咏练塘人家采莼风俗。

> 注 释

① 莼:江南常见的水生野菜,鲜美滑嫩。
② 冬舂(chōng):冬舂米。清顾禄《清嘉录》记载:"入腊,计一岁之粮,舂白以蓄诸仓,名曰'冬舂米'。"
③ 三九:二十七里行程。

> 今 译

章练塘东边的泖湖水中,采莼菜的人正在水云之间。舂米还未完成潮水就来了,马上趁着潮头速去速回。

(倪春军 注译)

种旱瓜

(清)沈蓉城

河沿夏日泊瓜船,郎贩西瓜要赚钱。

种水不如仍种旱,熟田①总说是生田②。

作者原注	河沿,地名,在镇西。乡人种瓜,名曰"种旱瓜",以生田出者为佳。

> 说 明

此首写旧时枫溪河沿一带农人种瓜卖瓜情景,诗语直白,人情宛然。

> 注 释

① 熟田:常年耕种的田地,也有庄稼的意思。清曹寅《晚过南园》:"十亩熟田千树果,读书空老不知耕。"明徐光启《农政全书》卷六:"若诸色种子,年年拣净,别无稗莠,数年之间,可无荒蘐,所收常倍於熟田。"

② 生田:未开垦的荒地。《宋史·食货志上四》:"百姓舍己熟田而耕官生田。"《文献通考·田赋七》:"舍己熟田,耕官生田,私田既荒,赋税犹在。"

> 今 译

河沿街一带夏天停泊着卖瓜船,卖瓜郎贩卖西瓜去赚钱。瓜种在水田里不如种在旱地里,明明种在熟田里却总说是生田。

(张锦华 注译)

草 与 花

(清)程兼善

小妇莲门①赌纺纱,戏将容貌向人夸。
郎如陌上孩儿草②,侬似墙阴姊妹花。

作者原注　孩儿草,俗名荷花紫草,田家莳以壅田,见嘉郡志。蔷薇一枝数蕊者,名十姊妹。

说 明

此首以乡野花草比喻男女样貌，语意风趣。

注 释

① 蓬门：指用蓬草编成的门，借指贫苦人家。唐杜甫《客至》："花径不曾缘客扫，蓬门今始为君开。"

② 孩儿草：又名紫云英、荷花紫草。早春三月，紫云英开出紫红色的花瓣，千万朵花瓣簇在一起，成了紫红的花海，十分动人。唐元稹《西明寺牡丹》："花向琉璃地上生，光风炫转紫云英。"

今 译

年轻的妇人在贫寒的家里比赛纺纱，戏谑地夸赞起自己和情郎的容貌。说是郎君英俊得像田间小路上的紫云英，而自己呀就像墙阴下的蔷薇花那般美艳。

（费明　注译）

木 棉 花

(清)蔡维熊

采未盈筐日已晡①,木棉花底隐罗繻②。
阿侬经纬桥头住,估客能来少憩无。

| 作者原注 | 木棉花,产经纬桥者为最。泾上贩夫多至其地。

| 说 明 |

此首描绘乡人采摘棉花、翘首以待商客的情景。

| 注 释 |

① 晡：申时，即午后三点至五点。

② 罗繻（xū）：制衣用的丝织品。明孙瑶华《次韵汪仲嘉戏代苏姬寄郎之作》："罗繻明月君休系，纨扇秋风妾不辞。"

| 今 译 |

采摘棉花的箩筐还未装满，太阳就已偏西到了傍晚时分。这木棉花是制作罗繻的原料，隐约还可以看出其中的纹理。我就住在经纬桥头，过往的商客啊，能否来此稍作休息？

（刘伟 注译）

打 渔

(清)李宗海

阿侬①生小狎③江潮,闲泛瓜皮④过泖桥。
不识莼鲈⑤风味好,夕阳收网理归桡⑥。

说 明

此首语言简洁明快,描绘渔家子弟的日常生活,尽显恬淡自然。

注 释

① 阿侬:吴地人的自称。

② 生小:自小,幼时。唐元稹《旱灾自咎贻七县宰》诗:"生小下里住,不曾州县门。"

③ 狎:习惯,熟习。《礼记·曲礼上》:"贤者狎而敬之,畏而爱之。"郑玄注:"狎,近也,习也。谓附而近之,习其所行也。"

④ 瓜皮:瓜皮船,一种简陋小船。明董纪《次韵仲基春来杂思十首·其二》:"溪艇瓜皮小,沙堤镜面光。"

⑤ 莼鲈:莼菜和鲈鱼,泛指家乡美食。

⑥ 归桡:犹归舟。唐李白《陪从祖济南太守泛鹊山湖三首·其一》:"此行殊访戴,自可缓归桡。"

今 译

我从小在江边长大,熟悉江水涨落的规律。闲暇时会划着小船,穿梭过水网交织的汊桥一带。我不懂得品尝莼菜、鲈鱼的美味,只晓得夕阳西下便收起渔网,驾着渔船返航。

(刘伟 注译)

渔 船

(清)金文潮

鸬鹚一一上渔船,打桨高歌入暮烟。
忽听梅花三弄①笛,风流犹说铁崖②仙。

说 明

此首描绘渔舟唱晚的场景,生动形象,富于烟火气。

注 释

① 梅花三弄:琴曲,其内容描写梅花凌霜傲雪的姿态,全曲主调出现三次,故称"三弄"。清吴可读《除夕有感·其二》:"何处梅花三弄笛,陇头呜咽不堪听。"

② 铁崖:元末明初诗人、文学家杨维桢,号铁崖,其善吹铁笛,有"铁笛道人"的别号。

今 译

鸬鹚一只只地飞上了渔船,渔夫们划着桨,高唱着棹歌,渐渐消失在傍晚的烟岚之中。忽然传来《梅花三弄》的笛声,渔夫们谈论起风流倜傥的杨维桢。

(刘伟 注译)

市镇掠影

新桥集市

（清）陈 祁

德星桥外野航[①]斜,白布携来换紫花。
残月尚明灯火乱,鸡声[②]遥杂市声哗。

作者原注　里产布,木棉色紫者曰"紫花"。新桥,一名德星桥。俗夏、秋以四五更为市,乡人云集。

说 明

此首咏枫泾新桥集市贸易场景。

注 释

① 野航：野外停泊的船。唐戴叔伦《春江独酌》："心事同沙鸟，浮生寄野航。"
② 鸡声：天亮鸡鸣声。

今 译

德星桥下横靠着贸易的小船，人们纷纷拿着白布来换紫布。天边的月亮还未落下，灯火杂沓，远处传来公鸡的鸣叫，集市上开始响起叫卖的声音。

（倪春军　注译）

春 市

(清)陈 祁

繁华人说小苏州,商贾①云屯②百货稠。
最是三春烟景③好,桃红柳绿市梢头④。

作者原注　里中商贾辐辏,人有"小苏州"之目。俗谓市尽曰"市梢头"。

说明

此首咏枫泾春日集市商业繁荣场景。

注释

① 商贾（gǔ）：商人。

② 云屯：像云一样聚集。南朝宋范晔《后汉书·袁绍刘表传赞》："鱼丽汉轴，云屯冀马。"

③ 烟景：春天的景色。唐李白《春夜宴从弟桃李园序》："况阳春召我以烟景，大块假我以文章。"

④ 市梢头：集市的尽头。元施耐庵《水浒传》第七十四回："燕青、李逵只得就市梢头赁一所客店安下。"

今译

枫泾集市热闹繁华，商人云集，百货琳琅，素有"小苏州"之美誉。特别是春天的时候风景更加美好，市肆外满眼都是粉色的桃花和绿色的柳条。

（倪春军　注译）

赶集市

（清）沈蓉城

乡农入市起中宵①，蔬②自篮提菜自挑。

细雨船来箬帽荡，秋风人渡米筛桥③。

作者原注　|　箬帽荡在定光塘北。米筛桥，即来源桥。

说 明

此首写旧时枫溪乡人起早赶集的日常情景,真切动人。

注 释

① 中宵:中夜,半夜。晋陆机《赠尚书郎顾彦先》:"迅雷中宵激,惊电光夜舒。"唐孟浩然《夏日南亭怀辛大》:"欲取鸣琴弹,恨无知音赏。感此怀故人,中宵劳梦想。"
② 蓏(luǒ):指草本植物的果实。《说文解字》:"在木曰果,在地曰蓏。"
③ 米筛桥:即来源桥,桥东西向,三跨不规则排列石梁桥,系清康熙十五年(1676)重建。

今 译

乡民们半夜就早早起床去赶集,瓜果用篮提,蔬菜用肩挑。冒着细雨从箬帽荡里驾船出来,顶着秋风从米筛桥下穿行而过。

(张锦华 注译)

油车巷[1]、灯草田

(清)沈蓉城

时样妆成鬏贴钿[2],画帘[3]风日[4]正暄妍[5]。卖油郎过油车弄,斗草儿嬉灯草田。

作者原注 | 油车巷、灯草田,俱在镇北。

说 明

此首写枫溪镇北油车弄、灯草田风物人事，昔日世情，历历鲜活。

注 释

① 油车巷：即油车弄，属江南传统居民院落，为金山区文物保护点。

② 钿（diàn）：即花钿，古代妇女花饰，多以金、银制成，剪成花样，贴于额前或面颊。唐刘禹锡《踏歌词》："月落乌啼云雨散，游童陌上拾花钿。"

③ 画帘：有画饰的帘子。

④ 风日：天气，气候；犹风光。

⑤ 暄妍：天气和暖，景物明媚。典出南朝宋鲍照《采桑行》："是节最暄妍，佳服又新烁。"

今 译

妇女们鬓边贴着花钿妆容时新，饰有画饰的帘子里和暖明媚。卖油郎吆喝声声走过了油车弄，斗草的孩子们在灯草田里嬉戏。

（张锦华　注译）

高阳里、紫石街

(清)沈蓉城

晓雨初晴敛宿霾①,良辰客至喜相偕。
拔钗沽酒②高阳里,著屐看花紫石街。

作者原注　｜　高阳里,紫石街,并镇巷名。

说 明

此首写枫溪巷弄高阳里、紫石街风物人情,浪漫潇洒,自成情调。

注 释

① 宿霾:隔夜雾霾。唐杜甫《晓望》:"高峰寒上日,叠岭宿霾云。"明江源《送内弟蒋时雍南归四首》:"浅水淹归棹,霜风散宿霾。"明王翰《雨中望条山》:"翠屏何日重相对,欲倩南风扫宿霾。"

② 沽酒:买酒。

今 译

一清早天刚放晴隔夜雾霾也散去,美好时光里客人一起高高兴兴地到来。拔下头上金钗在高阳里买酒痛饮,脚着木屐到紫石街赏花流连。

(张锦华 注译)

潜凤桥[①]、百哥庄、巢林庵

(清)沈蓉城

潜凤桥头瞰碧波,百哥庄上踏青莎[②]。

巢林此去无多路,不得双飞可奈何。

作者原注　｜　潜凤桥,本章家桥,俗作张,其西有一墩,称为百哥庄。巢林,庵名。

| 说 明 |

此首写旧时枫溪潜凤桥等三处景观，语义诙谐。

| 注 释 |

① 潜凤桥：在今枫泾新泾路与中大街交汇处原有一东西向河道，与南北向市河相交。为方便交通，由张姓富商联合其他商人在河道上建一市河桥，即张家桥。20世纪70年代市政改造时河道被填，桥被拆除。

② 青莎：即莎（suō）草。多年生草本植物。地下块根名香附子，可药用。《楚辞·淮南小山〈招隐士〉》："青莎杂树兮，薠草靃靡。"唐温庭筠《齐宫》："远水斜如剪，青莎绿似裁。"

| 今 译 |

在潜凤桥头俯瞰一江碧波，于百哥庄上脚踩青青莎草。巢林庵离此地并没有多少路途，不能与君双飞同游真是无可奈何！

（张锦华　注译）

新街、旱桥

(清)沈蓉城

新街屈曲路斜穿,蝴蝶谁家屦样①传。
只虑旱桥②无勺水,怎能旱地遍生莲。

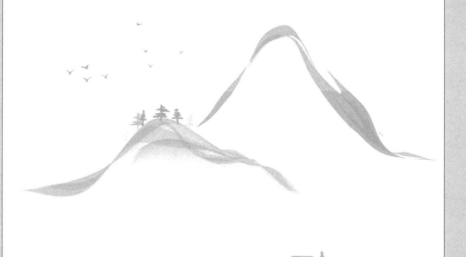

作者原注 | 新街,地名。旱桥与嘉善交界。

说 明

此首写旧时枫溪新街、旱桥一带风物,笔致风趣。

注 释

① 履样:即鞋样,做鞋的图样(纸样),状如蝴蝶。履,鞋。《庄子·山木》:"庄子衣大布而补之,正縻系履而过魏王。"

② 旱桥:横跨常年无水的山谷、河沟或城市交通要道上空的桥。跨线桥或高架桥即属旱桥,主要用以保持桥下通道畅通或代替高路堤。

今 译

新街弯弯曲曲有小路斜穿而过,谁家晒的鞋样像蝴蝶一样流传。只担心旱桥底下没有一勺流水,怎么能期望旱地上长出莲花来呢。

(张锦华 注译)

网带[①]、仓街[②]

(清)沈蓉城

商人归载自江淮,食品兼多水味[③]佳。
日日鱼虾登网带,朝朝盐米贝仓街。

作者原注 | 网带、仓街,俱在镇南。

说 明

此首写旧时枫溪镇南网带、仓城一带商业繁荣景象,语多白描,具有高还原性。

注 释

① 网带:即网埭港,自然村名。今隶属浙江省嘉兴市嘉善县魏塘镇,地处魏塘镇东北角,东接壤枫泾镇新春村。网埭港和网船埭等自然村名多与张网捕鱼有关,当地多捕鱼从业者。

② 仓街:明代曾在现枫南集镇建社仓,故枫南集镇均安路旧称仓街,历来为浙沪商贸门户。

③ 水味:指食用的水产。宋梅尧臣《送李康伯赴武当都监》:"遥知绝戎笔,水味有槎头。"

今 译

商人从江淮贩运货物满载而归,食品丰富多样尤以水产品为佳。逐日有大量鱼虾在网埭港上岸,每天都有丰足盐米驮运过仓街。

(张锦华 注译)

秀 南 坊

（清）陈 祁

秀南坊里是儿家，捺绣挑罗远近夸。
竹作篱笆窗半闼①，隔墙望见马缨花②。

作者原注　　秀南坊，地名。捺绣、挑罗，皆刺绣名。板窗半截者，曰"窗闼"。

说 明

此首咏枫泾秀南坊里刺绣人家。

注 释

① 窗半阘（tà）：可以装上也可卸下的木窗，一般有半扇门大小。宋苏颂《次韵签判张太博移竹》："窗阘常相对，阑干不用施。"

② 马缨花：又名合欢花，豆科合欢属的一种落叶乔木。

今 译

秀南坊里是绣娘的家，她的刺绣技艺远近皆夸。她家周围用竹子围作篱笆，用木板架起小窗。隔着院墙，可以看见屋外盛开的马缨花。

（倪春军　注译）

缸甏汇[①]

(清)沈蓉城

朋游三五醉婆娑[②],不挂青帘[③]酒肆多。

听说新开十月白[④],打从缸甏江边过。

作者原注　｜　缸甏汇,在油车巷南。

> 说 明

此首写旧时枫溪缸甏汇一带风物世情,格调清新。

> 注 释

① 缸甏(bèng)汇:位处镇东市河南岸,曾有专做酒甏(酒坛)的作坊,堆满缸甏,故名"缸甏汇"。

② 婆娑:醉态蹒跚貌。晋葛洪《抱朴子·酒诫》:"汉高婆娑巨醉,故能斩蛇鞭旅。"宋范成大《庆充自黄山归,索其道中诗,书一绝问之》:"鸣驺如电马如雷,知是婆娑醉尉回。"

③ 青帘:旧时酒店门口挂的幌子,多用青布制成。唐郑谷《旅寓洛阳村舍》:"白鸟窥鱼网,青帘认酒家。"《儒林外史》第十四回:"那些卖酒的青帘高扬,卖茶的红炭满炉。"

④ 十月白:乡俗,十月所酿酒谓"十月白"。因所用酒料为白米、白药、白水,又名"三白酒"。

> 今 译

同游枫溪的三五朋友醉态蹒跚,没有挂青布酒帘的酒肆有很多。听说新开甏的米酒"十月白",大都从缸甏汇一带的酒肆卖出。

(张锦华　注译)

肥 脂 浜

(清)沈蓉城

肥脂浜水几曾肥,坐对俞家桥下矶[①]。
好在花时教放艇[②],枝枝开见野蔷薇。

作者原注 | 肥脂浜,今为薇枝,与俞家桥相望。

说 明

此首写旧时枫溪肥脂浜风物景致,颇见野趣。

注 释

① 矶(jī):水边突出的岩石或石滩。如赤壁矶、鱼矶、燕子矶。宋陆游《过小孤山大孤山》:"舟过矶。"唐孟浩然《经七里滩》:"钓矶平可坐,苔磴滑难步。"

② 艇:轻快的小船。唐孙光宪《竹枝词》:"岸上无人小艇斜。"

今 译

肥脂浜的河水何时肥腻过,闲来无事坐对着俞家桥下的石滩。好在年年花开时让人放下小船,沿岸就可以看见一枝枝盛开的蔷薇。

(张锦华 注译)

觉化浜

(清)沈蓉城

环遍南阳筑舍成,初无隙地①可躬耕。
犹疑水曲非吴市②,何故相传乞食③名。

作者原注 | 南阳村在镇南,其地有觉化浜,讹为叫化浜。

说 明

此首写旧时枫溪南镇地区觉化浜地理风物,语似考辨,涉笔成趣。

注 释

① 隙地:空着的地。
② 吴市:吴都之街市,在今苏州。
③ 乞食:本意为乞讨食物,即讨饭。春秋时楚国的伍子胥逃亡至吴国,在市上吹箫乞食,比喻在街头行乞,此处借用,以增诗意。

今 译

环绕整个南阳村造了那么多房子,一开始就没有空地用来耕种。犹自疑惑河湾并非伍子胥行乞的吴市,为什么传下来这么个要饭的名字呢?

(张锦华 注译)

打 铁 桥

(清)沈蓉城

凿子①原殊铤子②尖,莫家非有莫邪③铦④。
只闻打铁桥⑤头响,打出霜天⑥捍稻⑦镰。

作者原注　凿子巷,在河沿上。莫家巷,近南栅。打铁桥旁有铁店,因名。

说明

此诗介绍枫泾凿子巷、莫家巷、打铁桥,反映了当地纺织、打铁等手工业的活跃状况。

注释

① 凿子:木工用来打孔的工具,此处指凿子巷。
② 铤(dìng)子:纺车或纺纱机上绕纱的机件。
③ 莫邪:古代宝剑名。本为人名,铸剑人干将之妻,后转为宝剑名。
④ 铦(xiān):锋利。
⑤ 打铁桥:又名凤昇桥,建于清代,1960年被拆除。
⑥ 霜天:深秋天气,一般也是秋收时节。
⑦ 捍稻:割稻。

今译

凿子不同于纺纱用的铤子尖锐,莫家巷也不出产锋利的莫邪剑。只听得打铁桥旁打铁声叮当作响,打出秋收季节割稻用的镰刀。

(费明 注译)

晒布场

(清)沈蓉城

晒布场①荒草不除,路铺石锭步徐徐。
朱家桥左陈家宅,也有园池②足养鱼。

| 作者原注 | 晒布场、石锭巷俱地名,陈园在朱家桥北。 |

> 说 明

此首历史背景为枫泾清康熙年间"虹桥惨案",歆歔了晒布场往日的繁忙难再。

> 注 释

① 晒布场:地名,以前枫泾布业发达,因布多晒于此而得名,在枫泾下西塘。清康熙年间,枫泾爆发由染匠、砑匠罢工而酿成的"虹桥惨案"。后来枫泾地区布业萧条,晒布场也因此荒废。

② 园池:应为陈园,在枫泾朱家桥内,为陈简叔所建,已毁。

> 今 译

晒布场荒废后杂草丛生,铺满石锭的小巷里行人缓缓走过。朱家桥左侧是陈家的宅子,那里的园池还可以养鱼。

(费明 注译)

驾 船

(清)沈蓉城

坛庙①欣逢十月交②,村村社鼓③驾船敲。
争先请佛齐摇橹,新式支艒赛燕梢。

作者原注 | 水旺村有社庙,曰"永兴坛"。支艒,船名。燕梢,亦船名。

说 明

此首描写农历十月初一人们在枫泾永兴坛庙会赛船请神佛的热闹场景。

注 释

① 坛庙：永兴坛，在今松江新浜镇水旺村，水旺村在响水港与七仙泾汇合处附近。

② 十月交：即农历十月初一。

③ 社鼓：社日祭神所鸣奏的鼓乐。宋陆游《秋社》："雨余残日照庭槐，社鼓冬冬赛庙回。"

今 译

到了农历十月初一，恰逢永兴坛的庙会。每个村庄的社鼓都架在船上敲起来。为了率先请到本地神佛，大家都齐刷刷地划船争先恐后，新式的"支艎"船比肩"燕梢"船，真是热闹非凡！

（费明　注译）

文昌阁

(清)沈蓉城

三层阁上供文昌①,基址相依古殿旁。
梯望机云②俱在眼,登高正好赋重阳。

作者原注　|　文昌阁,俗称"三层楼",机云二山,北望可见。

说 明

此首介绍枫泾文昌阁及登临该阁的视野等。

注 释

① 文昌：即文昌星，乃文魁之星，古时认为是主持文运功名的星宿，专管人间读书及文章功名。枫泾有两座文昌阁：一在南镇仁济道院，后毁于清咸丰十年（1860）；一在北镇永镇庵旁，毁于清同治二年（1863）。此诗中的文昌阁由北镇永镇庵观音殿遗址改建而成。

② 机云：以西晋文学家陆机、陆云而得名的山，应泛指今松江小昆山、东西佘山等山群，在枫泾之东北方向。

今 译

三层阁楼上供奉着星神文昌帝君，它的基址紧挨着观音殿。登上文昌阁的梯子，远远望去，机云二山都在视线中，重阳节正好到此登高赋诗。

（费明 注译）

同善会馆

(清)沈蓉城

阜安桥①去赴均安②,会馆③中开地自宽。
每月杖头钱④仰给⑤,例分一饭与同餐。

作者原注 阜安,即石灰桥;均安,均安桥。同善会馆介居两桥间,例于望后一日,以钱饭施贫者。

说 明

此首介绍枫泾著名的同善会,称颂该会乐善好施的公益情怀。

注 释

① 阜安桥:俗称石灰桥,明代顾琮建,今已废。

② 均安:亦桥名,原为石拱桥,在今嘉善枫南,新中国成立后拆除,改为水泥平桥。

③ 会馆:即同善会馆。明崇祯四年(1631),陈龙正在嘉善县枫泾南镇,与周丕显、魏学濂等人共同创立了同善会,常年进行赈济贫民的活动。崇祯十四年(1641),陈龙正将嘉善的思贤书院修整重建,更名为"同善会馆"。

④ 杖头钱:买酒钱,此处借指生活所需。典出《晋书》卷四十九《阮籍列传·(从子)阮脩》:"常步行,以百钱挂杖头,至酒店,便独酣畅。"

⑤ 仰给(jǐ):仰赖、依赖。

今 译

从阜安桥走过去就到了均安桥,同善会馆就建在两桥之间的空地上。每个月的生活费依靠它赈济,每月十六还布施一顿粥饭给贫民。

(费明 注译)

里中世医

(清)时光弼

平堤仄径①转桥湾,屋宇无多水次环。
郎抱婴孩侬挈伴②,盘槐树下就医还。

| 作者原注 | 沈氏为里中世医,门植槐树,人称"盘槐树沈家"。 |

说 明

此首描绘张堰名医沈氏医术高超而患者盈庭的场景。

注 释

① 仄径：狭窄的小路。宋范成大《将至叙州》："仄径无辙迹，疏林有炊烟。"

② 挈伴：带着朋友。宋吕本中《清明游震泽即事》："挈伴提壶桃柳芳，东风暂醉少年场。"

今 译

这里河堤平坦、路径蜿蜒、小桥林立，稀疏的房屋都被流水环绕。有男子抱着婴孩、女子带着伙伴，正从盘槐树沈家看病归来。

（刘伟 注译）

卖 花

(清)陈 祁

轻摇团扇出兰汤①,高轴②湘帘理晚妆。
恰好卖花门外唤,珠兰茉莉夜来香。

作者原注　珠兰、茉莉、夜来香俱花名,卖者或以铜丝穿插,或以纱囊盛贮,沿街唤售。

说 明

此首咏江南街巷卖花场景。

注 释

① 兰汤：熏香的浴汤。《楚辞·九歌·云中君》："浴兰汤兮沐芳，华采衣兮若英。"

② 轴：指卷帘的轴子。五代毛熙震《菩萨蛮》："绣帘高轴临塘看，雨翻荇真珠散。"

今 译

女子摇着团扇刚刚从暑热中出浴，高高卷起窗帘梳理妆容。正好听到门外一阵卖花的叫卖声，花担上有珍珠兰、茉莉花和夜来香。

（倪春军 注译）

贩 鱼

(清)沈蓉城

溪东锣听数声敲,堰上锚迎海舶①抛。
杵②烂蒜泥郎自捣,釜③烹石首妾为庖。

作者原注   凌家宅在东栅,海船贩鱼者多泊于此。石首,俗呼"黄鱼"。

> **说 明**

此首写旧时枫溪凌家宅一带鱼市热闹景象,诙谐有趣。

> **注 释**

① 海舶:海船。《梁书·王僧孺传》:"海舶每岁数至。"唐白居易《送客春游岭南二十韵》:"牙樯连海舶,铜鼓赛江神。"

② 杵:本义指舂米的棒槌,也指用细长的东西戳或捣。《新书》:"傲童不讴歌,舂筑者不相杵。"

③ 釜:古代炊事用具。三国魏曹植《七步诗》:"萁在釜下燃,豆在釜中泣。"

> **今 译**

听到溪水东头敲了好几声锣,堰上锚碇迎接海船抛来的锚绳。丈夫们负责用木杵捣烂蒜泥,妻子们负责下厨用釜烹饪黄鱼。

(张锦华 注译)

> 珍闻掌故

小 凌 关

(近代)高 燮

当年形胜①小凌关,想见雕弓盘马②弯。
欲问防倭遗老尽,更无人唱大刀环。

作者原注 | 小凌关在山泾南,今遗迹莫考。

> 说 明

　　此首遥想小凌关防倭盛况，颇有抚今追昔之意。

> 注 释

　　① 形胜：险要之地。南朝宋鲍照《蒜山被始兴王命作诗》："形胜信天府，珍宝丽皇州。"
　　② 盘马：跨马盘旋驰骋。唐韩愈《雉带箭》："将军欲以巧伏人，盘马弯弓惜不发。"

> 今 译

　　当年小凌关地势险要，可以想象将士们手持雕弓、身骑骏马的英姿。如今想要询问那些防御倭寇的往事，老人们都已不在世，更没有人高唱战歌凯旋了。

（刘伟　注译）

孔家阙

(近代)高 燮

坏石荒坟不可名,孔家阙内暮烟生。
不闻丝竹和金石①,但听鸣机轧轧②声。

作者原注 | 孔家阙在秦山西里许,今有碾米厂一所。

说 明

此首描绘张堰孔家阙衰败景象,今昔对比,颇多感慨。

注 释

① 丝竹:弦乐器与竹管乐器之总称。金石:钟磬等乐器。此处二者泛指各种乐器。宋刘敞《秋月》:"顾闻四壁间,丝竹金石声。"

② 轧轧:拟声词,形容机器、车轮等发出的声音。

今 译

破损的石碑、荒凉的坟墓已经不可名状,暮色中孔家阙苍烟四起。在这里已经听不到礼乐的声响,只能听到碾米机发出的轧轧声。

(刘伟 注译)

乌龟坟

(近代)高 燮

河泾湾畔吊斜曛①,吴墓连阡孰辨分。
碑碣全无人不识,荒唐信口说龟坟。

作者原注　河泾湾有丛冢林立,因冢间有石龟,故俗称为"乌龟坟"。考志乘,明太守吴梁墓在河泾湾,此坟当为吴氏族葬处,亦不辨其谁为梁墓也。

> 说 明

此首考证张堰河泾湾畔"乌龟坟"的名字由来。

> 注 释

① 斜曛:落日余晖。宋陈与义《寄题赵景温筠居轩》:"碧干立疏雨,丛梢冒斜曛。"

> 今 译

在河泾湾的岸边,我凭吊着斜阳下的墓地,明太守吴梁墓谁又能辨识?连碑石都已没有了,人们因墓前有石龟,就随意称之为"乌龟坟"。

(刘伟 注译)

斗蟋蟀

(清)黄 霆

金凤花开玉露①中,戏将纤指②染深红。
郎从北市桥边过,试买新雕蟋蟀笼③。

| 作者原注 | 北市桥,在风泾镇。按,蟋蟀之戏,近日盛行,至有倾家荡产者。风泾,江浙连界,畜者尤众。 |

说 明

此首咏古时枫泾秋日斗蟋蟀之风俗。

注 释

① 玉露：秋天的露水。唐杜甫《秋兴八首·其一》："玉露凋伤枫树林，巫山巫峡气萧森。"
② 纤指：纤细的手指。
③ 蟋蟀笼：装蟋蟀的笼子，古代多用象牙雕成。

今 译

在秋天的寒露中金凤花竞相开放，女孩们都把自己的手指染成深红色。喜欢斗蟋蟀的男儿从北市桥边走过，顺手买了一件新雕的蟋蟀笼子。

（倪春军　注译）

《画雁诗》①《吹笛图》②

(清)黄　霆

淋漓洒墨最多姿,学士曾题画雁诗。
何物沈郎工点缀,君山③一片白云迟。

| 作者原注 | 宋时,郡人李甲善画,苏轼为题《画雁》诗。元沈瑞为杨廉夫作《君山吹笛图》,极幽致。 |

说 明

此首分咏宋代李甲画艺及苏轼题诗、元代沈瑞所绘《君山吹笛图》。

注 释

①《画雁诗》：相传苏轼为李甲画雁题诗，北宋晁补之有《和苏翰林题李甲画雁》，今传苏轼《画雁诗》为高邮陈直躬所作。

②《吹笛图》：元至正十九年（1359），沈瑞为其师杨维桢作《君山吹笛图》。杨维桢跋《君山吹笛图》："华亭沈生瑞，尝从余游，得画法于大痴道人。此幅盖为予作《君山吹笛图》，木石幽润，水山清远，人物器具点缀于毫末者，纤妍可喜。"

③君山：一名湘山、洞庭山，处在洞庭湖口，山势奇秀，景色旖旎。《水经注·湘水》记载："湖中有君山。……是山，湘君之所游处，故曰君山矣。"

今 译

宋代华亭画家李甲的画艺精湛高超，苏东坡也曾为他题《画雁》诗。元代画家沈瑞最擅长画什么景物？应该是白云飘过的那座君山。

（倪春军　注译）

万柳堤①、白苎城②

(清)黄 霆

绿遍长堤万柳枝,飞花枉自③动愁思。
何如白苎城头望,士女能歌绝妙词④。

| 作者原注 | 万柳堤,柳氏植万柳于堤上。白苎城,称俗"白苎汇"。按:江南民歌有《白苎词》。 |

> 说 明

此首咏云间旧迹万柳堤、白苧城。

> 注 释

① 万柳堤：弘治《上海志》记载："柳氏允中之大父植万柳于龙江堤上，因名。"
② 白苧城：正德《松江府志》记载："白苧城，府南五十里。旧经云地生野苧，因以为名。俗云'白苧汇'。"
③ 枉自：白白地。
④ 绝妙词：美妙的歌词。

> 今 译

万柳堤上是一片绿色的柳条，飘舞的花瓣徒劳地引起了愁思。还是登上白苧城头远远相望，相思的男女唱起美妙的歌词。

（倪春军　注译）

龙 虎 榜①

(清) 黄 霆

一时龙虎步云梯,新柳②诗成品望③齐。
却笑龟巢莲叶上,何人献媚试新题。

作者原注 唐陆贽知贡举,试《新柳》诗,所得皆名士,号"龙虎榜"。宋时,赵屯浦民家得一白龟,张君房以《瑞应图》有"千岁龟巢莲叶上",用以试进士。

说 明

此首分咏唐宋时期云间地区试诗取士情况。

注 释

① 龙虎榜：唐德宗贞元八年（792）的壬申进士科是史上最成功的一次科考之一，录取进士贾稜、欧阳詹、韩愈、李观、李绛、崔群、冯宿、王涯、庾承宣等23人。据洪兴祖《韩子年谱》引《科名记》："是年一榜，多天下孤隽伟杰之士，号'龙虎榜'。"主持此次考试的主考官正是嘉兴人陆贽。

② 新柳：指本年科考诗题《御沟新柳》。

③ 品望：人品和声望。《世说新语·赏誉》"武元夏目裴王曰"句刘孝标注引晋虞预《晋书》曰："武陔字元夏，沛国竹邑人。……陔及二弟歆茂，皆总角见称，并有品望。"

今 译

唐代陆贽主考的那一榜真是人才云集，陆公也因为命题《新柳》而德高望重。可笑的是老百姓家里得到一只白龟，张君房就用来命题取士。

（倪春军　注译）

行 船

(清) 黄　霆

筹边亭①外朔风②过，淡水洋③中卷白波。
莫讶④健儿双桨去，艄船⑤捷似福船⑥多。

作者原注　筹边亭在金山卫。淡水洋在洋山外。艄船、福船皆巡海所用，艄船轻而易行。

说 明

此首咏金山卫巡海船只。

注 释

① 筹边亭：正德《松江府志》记载："筹边亭，在金山卫治南，都督董良衢倭时建，华亭知县戴冕记。"
② 朔风：北风。
③ 淡水洋：崇祯《松江府志》记载："夫羊山淡水洋，乃倭奴入寇必经之道。"
④ 讶：惊讶。
⑤ 艄船：艄船小巧轻便，行动自由。
⑥ 福船：福船高大，可容百人，但行动不便。

今 译

筹边亭外刮起了阵阵北风，淡水洋中卷起了惊涛骇浪。不要惊讶战士划着双桨就去巡海了，艄船比福船更加轻便易行。

（倪春军　注译）

琪①花珍树

(清)陈 祁

白薇丹桂逐时②开,浮石峰青小树栽。
都是先人亲手植,而今花鸟伴谁来。

作者原注　先严性爱种花,庭植白薇、丹桂各种,有浮石小山一座,高二尺余,玲珑绉透,上植松柏小树,以瓷盆贮水养之,冬夏长青。

> 说 明

此首咏作者家中所栽花木竹石,抒发对先人之思。

> 注 释

① 琪:美玉。
② 逐时:随时。《敦煌变文集·维摩诘经讲经文》:"五欲业山随日灭,躭迷障岳逐时摧。"

> 今 译

白薇、丹桂的花朵已竞相绽放,假山上的松柏也郁郁葱葱。眼前的花草树木都是先人当年亲手栽种下的,而今花与鸟却再见不到当年的那位主人。

(倪春军 注译)

慕 庐

(清)沈蓉城

北杨村①舍已荒芜②,剩有梅花三四株。
回首白云愁梦断③,不堪重展慕庐图。

作者原注 | 慕庐在北杨村,系先大父墓旁丙舍,植梅花数十本,今已蠹伤大半,莫丈椒庭曾为绘图。

说 明

此首通过描写作者祖墓的今夕变迁,伤怀之情溢于言表。

注 释

① 北杨村:村名,原为庙港村下一个自然村落,今为枫泾镇区。

② 荒芜:(田地)因无人管理而长满野草。唐杜甫《地隅》:"平生心已折,行路日荒芜。"唐白居易《委顺》:"山城虽荒芜,竹树有嘉色。"

③ 梦断:犹梦残。宋欧阳修《内直对月寄子华舍人持国廷评》:"莲烛烧残愁梦断,薰炉薰歇觉衣单。"

今 译

北杨村祖墓旁的庐舍已经荒芜,昔日梅花林只剩下寥寥三四株。回首望天上缭绕的白云,愁绪渐深,如梦方醒,不忍心再打开这幅《慕庐图》。

(费明 注译)

和 尚 浜

(近代)高 燮

伟干修髯①勇绝伦,擒渠②追北③净胡尘。
倭藏兵地相传久,错被人呼和尚浜。

作者原注　和尚浜在干巷东里许。明嘉靖间,倭自桐乡驾舟薄干巷,孝廉曹铉挺身逐之,枭其魁,倭众遂散走。其地向名"倭藏兵",后误"和尚浜",乃一音之转耳。

说 明

此首介绍干巷"和尚浜"地名之由来,并追溯孝廉曹铉驱逐倭寇之事迹。

注 释

① 修髯:胡须修长。
② 擒渠:擒拿贼首。清祁寯藻《喜闻黄州克复即贺雷少泉》:"雪夜擒渠城四辟,楼船破虏水东流。"
③ 追北:追击败兵。宋黄庭坚《次韵张昌言给事喜雨》:"垤漂战蚁馀追北,柱击乖龙有裂文。"

今 译

曹铉身形高大、胡须修长,兼之英勇绝伦,他擒获敌首、追击逃敌,将倭寇的嚣张气焰一扫而尽。这个地方长久以来都被称为"倭藏兵",如今因音误被人们错叫成"和尚浜"。

(刘伟 注译)

卫 城

(近代) 高 燮

昔日防倭势欲吞,岩城百雉①似云屯②。
如今一片荒凉地,无复残砖片石存。

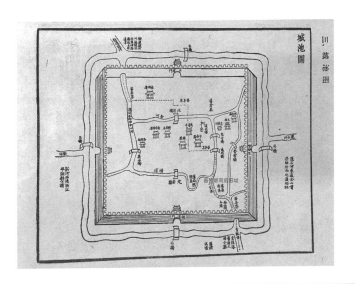

| 作者原注 | 卫城筑于明洪武十九年,为防海卫所三十九之一,至清时已荒废,今则拆卸无余矣。 |

说 明

此首介绍海防卫所卫城往日之雄伟气势,今昔对比,不胜感慨。

注 释

① 百雉:城墙的长度达三百丈。唐张九龄《送广州周判官》:"城隅百雉映,水曲万家开。"

② 云屯:云之聚集,形容盛多。晋陆机《从军行》:"胡马如云屯,越旗亦星罗。"

今 译

昔日里卫城防御倭寇气势雄壮,坚固的城墙宽广如云似有百丈。如今这里已变成一片荒凉之地,连一块残砖、一片碎石也找不到了。

(刘伟 注译)

将 台

(近代)高 燮

落日荒城事可哀,潮声隐隐莽黄埃。
一堆高土无凭据,人说南塘①点将台。

作者原注 | 戚继光将台在卫城。

说 明

此首描述金山卫城戚继光将台沦为废弃城池的荒凉景象,铸境冷寂。

注 释

① 南塘:戚继光(1528—1588),字元敬,号南塘,明朝军事家,抗倭名将。

今 译

夕阳下的废弃城池让人心生悲哀,这里到处都是黄土沙尘,隐约还能听到远处的潮水声。高高的土堆坐落在此,没有任何凭据可以证明它的过往,人们说这是戚继光的点将台。

(刘伟 注译)

寓 贤

(清)顾文焕

莫问南村与竹西,嗾天鹤去叫荒鸡。
杨家铁笛陶家瓮①,散入春风雨一犁②。

作者原注　相传陶九成、杨铁崖亦曾流寓。按:九成南村草堂在泗泾,杨铁崖主人杨竹西不碍云山楼在张堰,俱无涉。

说 明

此首介绍元末明初时的金山寓贤杨维桢、陶宗仪,表达物是人非的沧桑感。

注 释

① 杨家铁笛陶家瓮:杨维桢自号"铁笛道人"。陶宗仪与弟子谈今论古,将心得写于树叶,贮于瓮中,埋树下,积数十瓮,后整理为《南村辍耕录》一书。

② 一犁:形容春雨的深度。春雨的雨量足够开犁耕种,故名"一犁雨"。宋苏舜钦《田家词》:"山边夜半一犁雨,田父高歌待收获。"

今 译

别再询问哪里是南村与竹西草堂,鸣空的仙鹤已去,只剩几声鸡啼。杨维桢的铁笛与陶宗仪的瓮都已无从寻觅,只剩下春日的凄风和冷雨。

(刘伟 注译)

韩 瓶

(清)陈 祁

古岸倾欹①涨暮潮,韩瓶②拾得认前朝。
从知折戟沉沙③里,未必全随劫火④销。

作者原注 旧传里有韩蕲王赏兵处,因岸圮,于土中得瓷瓶若干,即名之曰"韩瓶"。

> 说 明

此首咏枫泾一带抗金名将韩世忠军旅遗留瓷瓶。

> 注 释

① 倾欹：倾斜。宋梅尧臣《次韵和长吉上人淮甸相遇》："文字皆妥贴，业术无倾欹。"

② 韩瓶：韩世忠打仗时留下的瓷瓶。韩世忠（1089—1151），字良臣，南宋中兴名将之一。

③ 折戟沉沙：折断的戟沉没在泥沙里，形容失败惨重。唐杜牧《赤壁》："折戟沉沙铁未销，自将磨洗认前朝。"

④ 劫火：战火。

> 今 译

倾斜的河岸边涨起了晚潮，淤泥之中拾到了韩世忠抗金军队遗留的瓷瓶。可见虽然经历了战争的惨败和硝烟，文物却未必因此而湮灭。

（倪春军　注译）

杨 铁 笛

(清)沈璧琏

水天寥落兰轻舟①,棹入苍茫起远愁。
醉弄微声山竹裂,白云飞尽大江秋。

作者原注　｜　杨维桢自吹铁笛曰:"小江秋,大江秋,美人不来生远愁。"

说 明

此首情感深沉、意境悠远,借用杨维桢自吹铁笛的掌故,感怀先贤。

注 释

① 兰轻舟:兰桨轻舟,兰桨指兰木做的船桨。宋苏轼《赤壁赋》:"桂棹兮兰桨,击空明兮溯流光。"

今 译

水天相接处一叶轻舟独自漂荡,杨维桢在苍茫的水面划动船桨,心中涌起悠远的忧愁。他微醺之下吹奏铁笛,声音清越嘹亮仿佛是山间的竹子裂开,白云散尽只见大江之上秋意浓浓。

(刘伟 注译)

画 前 贤

(清)时光弼

随处皆堪避俗尘,赤松①旧地结芳邻。
笑予难买云山住,画个前贤楼畔人。

| 作者原注 | 道院巷北,为元杨竹西先生不碍云山楼故址,予绘小像为不碍云山楼畔人。 |

说 明

此首追忆元末张堰高士杨竹西,兼表隐居避世之心绪。

注 释

① 赤松:赤松子,传闻为上古仙人。张堰旧名赤松里,又名留溪,相传西汉开国功臣留侯张良功成身退后随赤松子云游至此,曾在这里隐居,有留溪、张溪之称。

今 译

哪里都能避开尘世的纷扰,在这赤松子曾隐居的地方安家落户、结交好友。堪笑我不能到云山深处长住,那就画一幅"不碍云山楼畔人"的小像,聊作安慰吧!

(刘伟 注译)

柏　痴

（清）沈蓉城

堪怪斯民号柏痴，家驹空寄一桥垂。
月明深夜行吟①罢，时立荒原吊②影悲。

作者原注　柏古，字斯民，能诗，居柏家桥西，每于月夜向野流涕，人目为痴。子立本，字巘山，王晫《今世说》谓，少年精画，已入宋、元之室。

说 明

此首写旧时枫泾名士柏古违俗立异之行迹,颇含同情之意。

注 释

① 行吟:亦作"行唫"。边走边吟咏。《楚辞·渔父》:"屈原既放,游於江潭,行吟泽畔。"
② 吊:安慰,怜悯。成语有"形影相吊"。亦有伤怀义,《诗经·桧风·匪风》:"顾瞻周道,中心吊兮。"

今 译

柏古行事乖张,难怪被人称为柏痴,家有良马却只能白白地寄身桥边。常常在月明夜深时边走边吟唱,有时孤零零地立于荒野顾影自怜。

(张锦华 注译)

秋 千

（清）程兼善

浪游①何处觑秋千，青粉墙倾柳锁烟②。
安得乡人过百岁，衔杯③相与话当年。

作者原注　明瞿佑《过风泾》诗有"秋千一架倚垂杨"句，里人程封翁绪祖寿百有三岁，乾隆时钦旌"升平人瑞"额，给帑建坊。

说 明

此首描写枫泾镇民悠然闲适的生活情趣,并赞许长寿老人程绪祖的人瑞佳话。

注 释

① 浪游:漫无目标地到处游逛。唐崔道融《旅行》:"少壮经勤苦,衰年始浪游。"唐柳宗元《酬娄秀才将之淮南见赠之什》:"浪游轻费日,醉舞诋伤春。"

② 柳锁烟:河湖之上水面较宽阔处常有水气蒸腾而形成的烟雾朦胧感。宋释正觉《别五祖山悦众》:"东山聚散亦夤缘,华吐芳姿柳锁烟。"

③ 衔杯:谓饮酒。唐白居易《病后喜过刘家》:"忽忆前年初病后,此生甘分不衔杯。"

今 译

四处游逛,何处能找个秋千在垂杨边晃荡,坐上秋千青砖粉墙好像倾斜过来,柳条也仿佛锁住了蒙蒙烟波。乡里哪里还有活过百岁的人呢,一起举杯畅谈当年寿星程绪祖的轶事。

(费明　注译)

名人故迹

结 庐

(清)陈 祁

数亩硗田①水一泓,临流堪钓地堪耕。
结庐正在澄江②畔,卧听吴船欸乃③声。

说 明

此首咏枫泾乡间结庐隐趣。

注 释

① 硗（qiāo）田：坚硬而不肥沃的土地。唐李贺《送韦仁实兄弟入关》："我在山上舍，一亩蒿硗田。"
② 澄江：澄澈的江水。南朝齐谢朓《晚登三山还望京邑》："余霞散成绮，澄江静如练。"
③ 欸（ǎi）乃：摇橹的声音。唐柳宗元《渔翁》："烟销日出不见人，欸乃一声山水绿。"

今 译

一泓溪水围绕着几亩薄田，可以在河边垂钓，在田地里耕种。让我在这澄澈的江边结庐而居，躺在榻上听着吴儿摇橹的声音。

（倪春军　注译）

读 书 堆

(清)丁宜福

梦里衣冠①认故梁②，亭林断碣卧斜阳。
读书堆畔重回首，若个书生③继野王④。

作者原注　亭林宝云寺，即顾野王读书堆遗址。昔开运中寺成，僧梦野王告曰："此我旧宅，可寻水际古碑为据。"明日果得碑，文云："顾野王修舆地志于此。"僧乃立像祀焉。

> 说 明

此首描写亭林顾野王读书堆,感慨遥深。

> 注 释

① 衣冠:衣和冠。古代士以上戴冠,因用以指士以上的服装。代称缙绅、士大夫。

② 梁:指南朝梁(502—557),顾野王所处朝代之一。

③ 若个书生:有哪个书生。唐李贺《南园十三首·其五》:"请君暂上凌烟阁,若个书生万户侯。"

④ 野王:即顾野王(519—581),原名顾体伦,字希冯,南朝梁陈间著名地理学家、文字训诂学家、史学家。

> 今 译

衣冠入梦,令人追忆故国梁朝,亭林所剩断碑仆倒在夕阳之下。在读书堆旁回首过往,又有哪个书生能继承顾野王的风骨?

(费明 注译)

清芬书屋

(清)陈 祁

字惜文昌①袅篆烟②,会开同善选青钱③。
攀花④愧负高堂望,回首清芬尚黯然。

作者原注	里中有文昌会,收买字纸焚化,又有同善会,施舍药饵、棉衣、棺木等物。先严慈皆乐善好施,每选大钱给余捐送会中,又命于书斋供奉文昌帝君,朔望焚香,以祈科名,斋额曰"清芬书屋"。

| 说 明 |

此首咏作者书斋"清芬书屋",兼及家风。

| 注 释 |

① 文昌:星名,亦称文曲星,或文星,古时认为是主持文运功名的星宿。
② 篆烟:盘香的烟缕。宋高观国《御街行·赋帘》:"莺声似隔,篆烟微度,爱横影参差满。"
③ 青钱:青铜钱。
④ 攀花:摘花,这里指求取功名。唐李白《赠范金乡》:"桃李君不言,攀花愿成蹊。"

| 今 译 |

以前经常去文昌会上焚烧字纸,也经常去同善会上施舍财物。真怕辜负了父母的一片厚望,现在回首清芬书屋,不由得黯然神伤。

(倪春军　注译)

不碍云山楼①

(清)黄 霆

细雨初晴海雾收,张泾②古堰尚安流。
茫茫独树营③何处,只有云山不碍楼。

| 作者原注 | 张泾堰,俗名张堰。宋人堰海十八所,今惟此存。元杨竹西有不碍云山楼。独树营,在张堰南金山卫。 |

说明

此首分咏张堰古迹不碍云山楼、金山卫古迹独树营。

注释

① 不碍云山楼：元代文人杨谦（字竹西）所筑楼名，旧址在张堰。因登楼可见大小两金山岛，故名。元贝琼《不碍云山楼赋》序："赤松溪杨竹西氏，筑楼一所，在居第之南，而海中大小两金山飞舞而前，因取杜少陵诗语，颜之曰'不碍云山'。"

② 张泾：唐代为御海潮置华亭十八堰，其中之一为张泾堰。

③ 独树营：明代天顺年间为抵御倭寇在金山卫添置独树营。乾隆《金山县志》记载："独树营堡：守备官一人，军四十人，贴守官军一百一人，嘉兴千户所调拨。"

今译

雨后天晴，海上的云雾逐渐散去，张泾古堰的江水平静地流淌。独树营的遗迹已不知消失在何处，眼前只有那座巍峨的不碍云山楼。

（倪春军　注译）

太仆①宅

(清)沈蓉城

踢球人②去故场存,芳草年年绿映门。
自昔风流③怀太仆,只今④第宅属王孙。

作者原注　|　球场,明太仆卿顾际明居此,今属王氏。

> 说 明

此首写明太仆卿顾际明故宅球场变迁,寄慨于诗,引人唏嘘。

> 注 释

① 太仆:官名,始置于春秋。秦、汉沿袭,为九卿之一,掌皇帝舆马和马政。历代沿置,至清乃废。
② 踢球人:指明太仆寺卿顾际明,字良甫,号海旸,枫泾人,早慧好学,明万历十七年(1589)进士,历任监察御史、太仆寺卿等。
③ 风流:风采特异,特点突出,或才华出众。
④ 只今:如今,现在。

> 今 译

踢球人已逝而原来的球场犹在,场上芳草萋萋,年年映门透绿。想当年太仆寺卿多么风流倜傥,如今他的宅第却归了王家子孙。

(张锦华 注译)

妙 来 斋

(清)程兼善

花园兄弟①昔同居,妙来斋荒遗故墟。
不知息影东山②后,可剩僧察③一卷书④。

作者原注　明两进士沈泓、沈龙同居溪东花园埭,泓尝为其母征节孝诗文数百篇,遇盗失焉,号哭道中七日。时佘山寺僧晨起,见案上一卷书署曰"烦上人致孝子",遂还泓。妙来斋,沈氏故居,即泓著《易宪》处。后泓闻国变,祝发空门,息影于会稽东山,见两邑志。

> 说 明

此首以沈氏兄弟故居荒芜的现状,借以喟叹沈泓遁入空门的人生结局。

> 注 释

① 花园兄弟:即曾经住在花园埭的沈泓、沈龙兄弟。沈泓,明崇祯十六年(1643)进士,官刑部主事,明亡自缢,获救不死,后为僧,著有《易宪》四卷。沈龙,沈泓从弟,同为崇祯十六年进士,明亡不仕,穿头陀服以终,有《雪初堂集》。

② 东山:又名谢安山,位于浙江省绍兴市上虞区西南,成语"东山再起"即出于此。

③ 僧寮:僧舍。宋陆游《贫居》:"囊空如客路,屋窄似僧寮。"

④ 一卷书:指沈氏兄弟的一卷书卷。

> 今 译

花园埭的沈氏兄弟曾一起住在妙来斋,如今斋舍已经荒废成墟。不知道沈泓隐居东山后,僧舍里是否还有他遗留下的一卷书。

(费明 注译)

金粟道人

(清)沈蓉城

迹记曩时①金粟埋,地传此处玉山②佳。
茜泾桥水依然绿,不尽诗怀与酒怀。

| 作者原注 | 元顾仲英,自称金粟道人,避地茜泾,名其居曰"玉山佳处"。 |

> 说 明

此首为吊古怀今之作,赞许顾仲瑛的高风。

> 注 释

① 曩(nǎng)时:从前,过去。宋陆游《书叹》:"兰亭宾主今何在,修竹依然似曩时。"

② 玉山:取自"玉出昆冈"之意。顾仲瑛,远祖为顾野王,为避世隐居,筑别业于茜泾西(今江苏昆山),名为"玉山佳处",举行雅集,吸引文人墨客,成就玉山草堂雅集,在中国文化史上具有重要地位。

> 今 译

遗迹记录了金粟道人埋名隐居在此,地方上相传这里就是顾仲瑛的"玉山佳处"。茜泾桥下的水依然绿意漾漾,一语道不尽旧时诗酒中的情怀。

(费明 注译)

清风阁[①]

（清）沈蓉城

四面湖亭一面轩[②]，栽松植桂翠阴繁。
行人惯说清风阁，谁记从前有适园[③]。

作者原注	清风阁，顾九槐所居，今为地名。适园，蔡氏别业。

说 明

此首介绍枫泾的清风阁和适园。

注 释

① 清风阁:后人为纪念宋代陈舜俞的清风亮节所建,在枫泾东港。后为明代商人顾九槐所居。

② 一面轩:指清风阁内的得月榭。

③ 适园:为清代蔡廷正所建私家园林名,又名"晴皋小隐",在枫泾东港,内有松风阁、桂坡、竹廊等名胜,周边地区的文人墨客常来雅聚欢宴,诗歌唱和,于清代遭毁。枫泾蔡氏家族是当地望族之一。

今 译

湖的四面都是亭子,一面是亭子的轩窗,旁边种着松树和桂树,翠绿的树荫繁茂。来往的行人都对清风阁津津乐道,谁还记得从前这里有一个适园呢?

(费明 注译)

梅花香窟

(近代)高 燮

他年埋骨此山隈①,香窟曾栽百树梅。
岁岁携樽来赏饮,春风相约一齐开。

作者原注 | 梅花香窟为余生圹②之所,在秦山东偏。

说 明

此首介绍作者生圹梅花香窟的由来。

注 释

① 山隈：山的角落。唐李峤《秋山望月酬李骑曹》："愁客坐山隈，怀抱自悠哉。"

② 生圹（kuàng）：又称生基，指生前预造的坟墓。

今 译

等到将来的某一天我要埋骨在这山角一窟，这里已种植了成百上千的梅花树。我每年都会带着酒壶来到这里，一边畅饮一边赏花，这里的梅花似乎跟春风约好了，春风一到便一齐盛开。

（刘伟　注译）

荷 叶 地

（清）沈蓉城

三元①合璧擅才华，三友②流芳识旧家。
到处皆称荷叶地，独云此地是荷花。

作者原注　三元浜即圣堂浜，以李解元永祺、蔡状元以台居此易名。三友斋，蔡氏读书处。枫泾地皆小圩，有荷叶之称。圣堂居一镇之中，故目为荷花云。

说明

此首写旧时枫泾别称,兼及地方名人李永祺、蔡以台,寓有地灵人杰之意。

注释

① 三元:即三元浜,原注"圣堂浜"。诗中语带双关,也指解元、会元、状元合称。以"三元"易"圣堂",盖因状元蔡以台、解元李永祺居于此之故。

② 三友:即三友斋,清状元蔡以台读书之处。子曰:"益者三友,损者三友。"似亦有"岁寒三友"之意。

今译

状元浜三元合璧各擅其才华,三友斋百世流芳唯旧址依稀可辨。到处都可称作荷叶地,唯独此处位居镇中最形似荷花。

(张锦华　注译)

古贤里①、砚子坟②、山晓阁③

(清)陈 祁

古贤里畔春风生,砚子坟头秋月明。
玉轴④牙签⑤山晓阁,夜深犹听读书声。

作者原注　古贤里有元教授顾渊白墓,渊白名深。砚子坟,亦古墓,无考。山晓阁,为孙执升先生读书之所,著有《山晓阁古文》行世。

> 说 明

此首分咏枫泾三处遗迹古贤里、砚子坟、山晓阁。

> 注 释

① 古贤里：光绪《重辑枫泾小志》记载："古贤里，俗呼梅园，有元教授顾渊白墓。"
② 砚子坟：光绪《重辑枫泾小志》记载："砚子坟，在芙蓉湾左，元张观以砚殉葬，故名。"
③ 山晓阁：清代藏书家孙琮的藏书楼。
④ 玉轴：卷轴的美称。
⑤ 牙签：用牙骨制作的签牌，系在书卷上作为标识，这里借指书籍。

> 今 译

春风吹到古贤里的顾氏墓冢，秋月照着砚子坟的张氏坟茔。孙琮的山晓阁藏书十分丰富，夜深人静还能听到朗朗书声。

（倪春军　注译）

日 光 庵

(清)沈蓉城

残碑剥蚀大坟①荒,流水潆洄②绕日光。
架得板桥③人可过,问郎何事待商量。

作者原注　｜　大坟,顾九槐墓。日光,庵名,近商量桥。

> 说 明

此首有情诗意,用几处地点构思了诗句,将地名与诗意结合。

> 注 释

① 大坟:即顾九槐墓,顾九槐为明时徽商。
② 潆洄:水流回旋的样子。宋陈著《烛影摇红》:"双杏堂深,山明水秀潆洄著。"宋赵镇《题妙庭观玉泉池》:"一脉冷冷绝点埃,方池幽洞自潆洄。"
③ 板桥:桥面由石板构成,是为板桥。此处当为商量桥。

> 今 译

残碑经过岁月剥落侵蚀,顾九槐的大坟已荒凉,流水回旋环绕着日光庵。架起板桥方便人们可以过河,问郎君有什么事情需要在桥上商量?

(费明 注译)

尉迟坟①

(清)陈 祁

浆梅枣刺②尉迟坟,世远年湮③史阙文④。
衰草欲枯野火放,鼠狼新窟薄烟薰。

作者原注　尉迟坟,不知何人墓也,故老相传,失其名。浆梅枣刺,荆棘之属。鼠狼,兽名。俗名野烧曰"放野火"。

说 明

此首咏枫泾古墓尉迟坟。

注 释

① 尉（yù）迟坟：古代一位复姓尉迟的人的墓冢。
② 浆梅枣刺：形容尉迟坟周围荆棘丛生。
③ 世远年湮（yān）：年代久远。清戴名世《读易质疑序》："然而年湮世远，师传歇绝。"
④ 阙文：缺少文字记载。

今 译

尉迟坟周围已是荆棘密布，杂草丛生，坟墓的主人也因为年代久远而不知其人。真想放一把野火烧尽这一堆枯草，用青烟驱赶出在此筑巢的黄鼠狼。

（倪春军　注译）

布 政①坟

(清)沈蓉城

布政坟前看踏青,归时迟暮户旋②扃③。
不知若个④风筝放,犹令飔声⑤月下听。

| 作者原注 | 明布政干璠墓,在镇南。 |

说 明

此首写明布政使干璠墓一带风物人事,旧时风俗,可见一斑。

注 释

① 布政:原注指明布政干璠。布政,施政。《史记·孝文本纪》:"人主不德,布政不均。"又指布政使,官名,俗称藩台、藩司等,主持一省行政及财赋。

② 旋:旋即,马上。

③ 扃(jiōng):关门。

④ 若个:哪个或何处。宋杨万里《和段季承左藏惠》:"阿谁不识珠将玉,若个关渠风更骚?"宋赵长卿《菩萨蛮·初冬》:"若个是乡关?夕阳西去山。"

⑤ 飑声:高声。汉班固《幽通赋》:"飘凯风而蝉蜕兮,雄朔野以飑声。"

今 译

布政使干璠墓前看人们踏青春游,归来时已黄昏,家家户户关上了门。不知道哪个地方还有人在放风筝,还能让人在月下听到它高飞的声音。

(张锦华 注译)

将军[①]墓、道士[②]坟

(清)沈蓉城

榆树阴连槐树分[③],偶来树下忆前闻。
朱棺孰问将军墓,白骨谁怜道士坟。

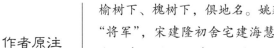

作者原注　榆树下、槐树下,俱地名。姚廷睿,里人称为"将军",宋建隆初舍宅建海慧寺,墓在寺后,今无考。道士坟有二,其一即妙正真人祖父葬处。

说 明

此首写枫溪古迹将军墓和道士坟,有时过境迁,身后湮寂之慨。

注 释

① 将军:原注姚廷睿,枫泾人,生卒年不详。北宋建隆年间(960—963)舍宅建兴国福寿院,后改为海惠院(即海慧寺)。其墓即在寺后。

② 道士:原注中所谓妙正真人,系枫泾人娄近垣(1689—1776),字三臣,号朗斋,又号上清外史,法名科轸,清代正乙派道士,被雍正敕封为妙正真人。乾隆朝以道士之身位及三品,尽享荣华。

③ 榆树、槐树:原注称俱为村名,语带双关。古代坟墓旁多植榆。榆树有敬仰和怀念逝者之意,寄托家族长盛不衰、后代兴旺等美好期望。

今 译

榆树树荫相连而槐树却树荫分离,偶尔来到树下遂忆起从前的传闻。谁还问起将军在死后所用的朱棺,谁还怜悯道士身后所留下的白骨。

(张锦华 注译)

竹园①、将军墓

(清)程兼善

竹园东去绿阴浓,池水通潮近已封。
惟有风涛终日吼,郭将军墓两株松。

作者原注 竹园,许阁学王猷别墅,在溪东东港。其东即谢氏适园,中有古松二株,枝干苍劲,相传旧为郭将军墓,黄太守安涛《过适园》诗:"树阴深覆屋,池水暗通河。"

说 明

此首描写枫泾许王猷别墅郭将军墓巨大变迁,不胜慨叹。

注 释

① 竹园:许王猷的别墅。许王猷,字宾穆,号竹君,金山枫泾人。清康熙癸巳年会元、进士,官至内阁学士兼礼部侍郎。

今 译

从许王猷别墅的竹园往东看去,曾经绿荫浓郁,园中的池水与河水的潮汐曾经相通,近来已封阻。如今只剩下劲风和浪涛终日呼啸,郭将军墓旁的两株松树依然还在,无言地见证着沧桑。

(费明 注译)

话 兴 亡

(清)程兼善

岁月如流三径^①荒,闲听野老话兴亡。
青磷^②明灭干璠^③墓,黄叶萧疏柏古庄^④。

| 作者原注 | 明干方伯璠墓在溪东万缘桥北。柏古庄在薇枝浜,柏学士故居,今谓"百哥庄"。 |

说 明

此首借描写干璠墓、柏古庄等的萧条景象,感叹时间之短促,世事之无定。

注 释

① 三径:归隐者的家园或院子里的小路。唐孟浩然《秦中寄远上人》:"一丘尝欲卧,三径苦无资。"

② 青磷:尸体腐烂时,会分解出磷化氢,常在夜间田野中自燃,发出青绿色的光焰,古称"青燐"。

③ 干璠:字廷玉,明正统七年(1442)进士,曾任陕西左布政使。

④ 柏古庄:柏古,字斯民,号雪耘,清康熙时诸生,长于诗文书画,居枫泾白牛荡,自号"白牛牧人",故其所居屋名为"柏古庄"。

今 译

岁月奔流如梭,庭院里的小径都已荒芜,闲来听着老人们谈论兴衰往事。磷火在干璠墓旁忽明忽暗,而昔日的柏古庄里黄叶稀稀落落,一派萧瑟荒凉。

(费明 注译)

石 湖

(清)沈蓉城

疏柳遥添月一弯,扁舟泛自石湖还。
却缘红庙①烧香便,始识曹坟②在此间。

作者原注　石湖,在东栅外;红庙下,村名;曹坟,明学士曹勋墓,俱近石湖。

> **说 明**

此首描绘枫泾石湖、红庙村及曹勋墓,前两句意境优美,后两句转而深沉。

> **注 释**

① 红庙:即红庙下村,在枫泾境内。

② 曹坟:曹勋的坟墓。曹勋,字允大,号峨雪,晚号东干钓叟,松江华亭(今上海金山干巷)人。明天启元年(1621)中举人,崇祯元年(1628)会试第一为"会元",廷试因得罪丞相,被置于二甲(赐进士出身),历官翰林学士、礼部右侍郎。清顺治十年(1653),清廷诏征至京,不愿为官辞归。与弟曹炯及族中曹氏子弟16人创办"小兰亭诗社",一时唱和之盛,罕有其匹。卒年67岁。

> **今 译**

稀疏的柳树上映照着一轮缺月,我泛着小舟从石湖返回。因为顺道去红庙烧香,才发现曹勋的坟墓就在这附近。

(费明 注译)

宣公祠

(清)沈蓉城

唐代宣公①始发祥,祠堂传自迪功郎②。
还因杨叶坟③成后,尽道南庄配陆庄。

作者原注　陆宣公祠在陆庄,迪功郎陆瑀创祠奉祠祀,杨叶坟在白牛塘东,与南庄相连,相传宣公二妾合葬于此。

说明

此首咏枫泾陆贽祠堂及宣公二妾葬地杨叶坟。

注 释

① 宣公：指唐宰相陆贽（754—805），字敬舆，谥宣，枫泾人。宣公祠原在枫泾南栅外四中区陆庄（今嘉善县曙光村）。

② 迪功郎：古代官名，又称宣教郎，始于宋。这里指陆瑀，宣公裔孙。

③ 杨叶坟：光绪《重辑枫泾小志》记载："杨叶坟，在一保六十四团，相传陆宣公二妾葬此。"

今 译

这里是唐代陆宣公的家族发祥地，宣公后人陆瑀在此始建祠堂。又因为宣公二妾葬于南庄的杨叶坟，所以大家都说南庄和陆庄颇有渊源。

（倪春军　注译）

晏公祠[1]

(清)沈蓉城

晏公封爵更非卑,灵著江湖亦可思。
不意[2]通津桥下过,飘摇风雨一荒祠。

作者原注　　晏公,名戌仔,元时为锦堂局长,没水为神,明洪武初以翊海运有功,封平浪侯。镇有南北二祠,今在通津桥者,岁久倾颓,大非往时规制。

说 明

此首写旧时枫泾晏公祠年久失修、荒凉颓圮景象,有吊古伤今之慨。

注 释

① 晏公祠:近庆云桥(晏公桥),今枫景家园小区即建于其址。

② 不意:不料,没想到。

今 译

晏公被封为平浪侯地位自是不低,其英灵护佑一方江湖令人追思。没想到从通津桥下经过时却看见,纪念他的祠宇在风雨中飘摇欲坠。

(张锦华 注译)

孟家祠

(清)陈 祁

三让①高风至德遗,崇祠邹峄②又分支。
自从南渡③开文运④,里遍弦歌户说诗。

作者原注 里本句吴旧地,宋南渡后,文风始盛。元末亚圣五十四代孙孟观,自苏郡来居里之孟家堰,奉文建祠崇祀,是为南支。弦歌里,地名。

说 明

此首咏枫泾孟家祠堂及孟氏家风。

注 释

① 三让:指周泰伯让位于季历事,后人称为盛德。《论语·泰伯》:"泰伯,其可谓至德也已矣!三以天下让,民无得而称焉。"
② 邹峄(yì):邹峄山,在山东省邹城市东南,孟子即邹人。
③ 南渡:指宋室南渡,于临安建立南宋。
④ 文运:文学的气象。

今 译

从前泰伯三让天下的盛德还流传至今,山东邹城的孟氏又到此散叶开枝。自从南宋孟观到此后便文运大开,家家户户都在读书吟诗。

(倪春军 注译)

濮 阳 庙[①]

（清）沈蓉城

濮阳庙接大蒸塘[②]，石径茅桥去可望。
试问行程多少路，巫山峰数恰相当。

作者原注　｜濮阳古藩王庙，在大蒸堂。石径，又曰"石景巷"，村名。瑞龙桥，俗呼"茅家桥"在镇北二十里。

说 明

此首写游览古代藩王宗庙——濮阳庙之情景,语多俗白,颇引猜想。

注 释

① 濮阳庙:原注称为古藩王庙。藩王,即藩国之王,指由中央王朝分封的地方统治者。
② 大蒸塘:河流名,在今上海市青浦区境内。"蒸淀"即由大蒸塘和淀山荡而得名。

今 译

濮阳庙就在浩渺的大蒸塘边,去了能望见石景巷和茅家桥。试问这一路要经过多少里程,巫山十二峰的数量恰好与之相当。

(张锦华 注译)

关帝庙

(清)沈蓉城

南宫北阙①并崔巍②,义重桃园③千古稀。
据说冒家圩④渡口,曾看金甲显灵威。

作者原注　关帝庙,南北各一,常著灵异,相传倭寇时显圣冒家圩外。

说 明

此首写旧时枫溪关帝庙显圣异事,借以彰显桃园之义与抗倭爱国情怀。

注 释

① 南宫北阙:原指古时帝王所居住的宫殿,因宫门外有双阙,故称宫阙。《史记·高祖本纪》:"高祖还,见宫阙壮甚,怒。"唐杜甫《秋兴》之五:"蓬莱宫阙对南山,承露金茎霄汉间。"宋苏轼《水调歌头》:"不知天上宫阙,今夕是何年?"诗中指旧时枫溪南北两座关帝庙。

② 崔巍:亦作"崔嵬",高峻,高大雄伟。汉东方朔《七谏》:"高山崔巍兮,水流汤汤(shāng shāng)。"唐杨炯《青苔赋》:"灵山偃蹇,巨壁崔巍。"

③ 义重桃园:典出《三国演义》中的刘、关、张桃园结义事。

④ 冒家圩:位处铁路枫泾站旧址。1909年枫泾站建站初即名冒家圩站。

今 译

城南城北两座关帝庙都雄伟高大,桃园结拜情深义重千百年来少有。据说当年倭寇侵扰冒家圩渡口时,曾出现关帝身披金甲显灵的情景。

(张锦华 注译)

镇海侯庙[①]

(清)沈蓉城

庙前新设卖茶棚,场上方开弦索[②]声。
迤逦[③]王家桥隔岸,绿杨阴覆幔舟城。

作者原注　西庵旁有镇海侯庙,俗称其地为西庵场,每值暑天设弹唱局。幔舟城,地名,在王家桥西南,此处无城,俗称无据,因取庾肩吾"离舟卷幔城"之句以附会之。

说 明

此首写旧时枫溪镇海侯庙外书场热闹场面,市井繁华,于斯可见。

注 释

① 镇海侯庙:即今施王庙。相传明万历七年(1579)百姓为纪念定海侯施全而建。施全,宋高宗时任殿前司军校,民间唱本称为岳飞麾下将军。

② 弦索:乐器上的弦,多用作弦乐器的总称。另也可指弹奏弦乐。金、元以来常称用琵琶、三弦等弦乐伴奏的戏曲、曲艺为"弦索"。如金董解元《西厢记诸宫调》也称《弦索西厢》。

③ 迤逦(yǐ lǐ):曲折连绵,延伸。南朝齐谢朓《治宅》:"迢遰南川阳,迤逦西山足。"宋柳永《凤栖梧》之三:"玉树琼枝,迤逦相偎傍。"

今 译

镇海侯庙前新开设了卖茶的茶棚,书场上的琵琶三弦也正刚刚开弹。隔岸循着王家桥斜斜延伸出去的,是碧绿杨柳的浓荫覆盖着幔舟城。

(张锦华 注译)

城 隍 庙

(近代)高 燮

崇隆①城堞②散如烟,古战场空一惘然。
六百年来兴废速,犹馀大庙奉神虞。

作者原注 | 金山卫城隍庙,俗称"大庙",创建于洪武二十年,盖设卫之明年也。今城废而大庙香火特盛。

说明

此首追忆往昔古战场金山卫,通过昔日的高墙壁垒与今日的城隍庙之对比,感叹历史更迭、时代变迁。

注释

① 崇隆:高大。清黄景仁《池阳写望》:"池阳山水窟,石城郁崇隆。"

② 城堞:泛指城墙。唐白居易《大水》:"闾阎半飘荡,城堞多倾坠。"

今译

高峻的城墙像烟云一样消散,古老的战场已成空地,令人怅惘怀古。六百年来兴衰更替速度很快,只剩下这座大庙还虔诚地供奉着神灵。

(刘伟 注译)

梵香林

(清)沈蓉城

精庐①结构②梵香林③,白石红栏曲径深④。种得鸡冠好颜色,偏容⑤载酒客来寻。

作者原注 | 梵香林,庵名,有董思翁题额。鸡冠,花名。

说 明

此首描写枫泾古庵梵香林庵的景致,诗笔隽永。

注 释

① 精庐:佛寺;僧舍。唐岑参《终南山双峰草堂作》:"偶兹近精庐,屡得名僧会。"宋苏轼《再和》:"三百六十古精庐,出游无伴篮舆孤。"

② 结构:连结构架,以成屋舍。

③ 梵香林:即梵香林庵,在今枫泾酒厂前。

④ 曲径深:曲径通幽,深邃之意。宋朱淑真《初夏二首·其二》:"冰蚕欲茧二桑阴,粉箨凋风曲径深。"清王夫之《伊山·其一》:"心识回峦外,沿溪曲径深。"

⑤ 偏容:偏偏容许。明张元凯《初春湖上访顾始馀因留信宿二首·其二》:"不尽青山供,偏容白鸟过。"清孙原湘《游仙辞·其二》:"天空不许云留迹,潭净偏容月印明。"

今 译

梵香林庵的结构精巧,白石红栏构成了曲径通幽的深邃。庵里的鸡冠花颜色悦目,偏偏容许带着酒的客人前来欣赏。

(费明 注译)

祇 园[①]

(清)沈蓉城

谁向祇园首布金,许家村[②]北有丛林。
三乘[③]隔水空相望,但见香船[④]到法心[⑤]。

| 作者原注 | 许家村在北栅外,三乘、法心,俱庵名。 |

说 明

此首介绍了位于枫泾的三乘、法心两座庵寺,反映了当时香火之盛。

注 释

① 祇(qí)园:佛家语,"祇树给孤独园"的简称。梵文的意译,代指佛寺等。
② 许家村:枫泾北栅外,在今枫泾镇以北,白牛路、枫塘北路、泾荷路所围。
③ 三乘:即三乘庵,在枫泾一保十四图三殻浜。
④ 香船:烧香拜佛用的船。
⑤ 法心:即法心庵。

今 译

是谁第一次向佛门布施了金银,又在许家村北建起寺庙。如今只能看到隔水的三乘庵,而烧香的小船正不断驶向法心庵。

(费明 注译)

庵与寺

(清)沈蓉城

枫树①初红过杪②秋,雁飞成字落汀洲③。
思和庵④畔群游罢,去访华严古寺⑤不。

| 作者原注 | 枫树泾在南栅外。思和庵,即崇敬庵,地有王老相公庙,每十月朔,村人报赛,游者甚众。华严寺有二,今惟南华严寺尚存。 |

说 明

此首描绘枫树泾、思和庵、华严寺三处的迷人秋色。

注 释

① 枫树：指枫树泾，在枫泾南栅外。

② 杪（miǎo）：树枝的细梢，杪秋即晚秋。

③ 汀（tīng）洲：水中小洲。《楚辞·九歌·湘夫人》："搴汀洲兮杜若，将以遗兮远者。"王逸注："汀，平也。"南朝宋谢灵运《登临海峤》："汀曲舟已隐。"

④ 思和庵：又名崇敬庵，在今新华村秀才浜，由明嘉靖时御史冯恩建造，清咸丰十年（1860）毁于兵燹，同治初，僧人真通重建。

⑤ 华严古寺：枫泾有南华严寺和西华严寺，西华严寺在一保七图陆堂港，宋天禧中僧人道隆建，清康熙五年（1666）重修，此处指南华严寺，寺在一保七图季溇港。

今 译

晚秋时枫树泾的红叶初丹，大雁飞过排成人字落在洲渚上。成群结队的香客们游完思和庵后，还要去华严古寺烧香吗？

（费明 注译）

性 觉 寺[①]

(清)沈蓉城

性觉名颁御墨馨,月明未改旧时形。

珍看画卷藏罗汉,胜诵金刚般若经[②]。

作者原注 | 性觉寺,本月明庵,康熙乙酉南巡,僧本冲接驾,得赐御书匾额及罗汉手卷诸宝物。

说明

此首介绍旧时枫泾名刹性觉寺,兼及该寺曾获康熙御书题额史实。

注释

① 性觉寺,始建于明万历年间(1573—1620)。清康熙四十四年(1705),康熙帝南巡,御书"性觉寺"三字赐额,因而更名。咸丰十年(1860)遭兵燹,光绪四年(1878)重建。20世纪60年代,停止宗教活动。1994年4月易地重建。

② 金刚般(bō)若(rě)经:全称《能断金刚般若波罗蜜多经》,简称《金刚经》。系大乘佛教重要经典。

今译

性觉寺之名尚留有赏赐的御墨香,明月朗照下犹未改变旧时形制。珍重地阅览御赐手卷上的罗汉像,胜过念诵《金刚经》。

(张锦华 注译)

白莲寺[1]

(清)沈蓉城

接秀桥[2]通一苇杭[3],白莲方丈白云房。
远公[4]不尚吟诗社,近日惟开念佛堂。

作者原注　接秀桥在南寺左,寺名白莲,旁有白云僧房,以念佛开堂,谓之佛七。

说 明

此首写旧时枫溪白莲寺住持白云和尚开堂念佛事,语多平和恬淡。

注 释

① 白莲寺:位处今枫泾镇东北长征村。传说开山和尚为北宋岳飞部下黄沂。黄因岳飞"莫须有"事而心灰意冷,弃官剃度,辗转落脚枫泾。

② 接秀桥:也叫南寺桥、秀南桥,位处定慧寺南,明宣德六年(1431)顾瑾建。

③ 一苇杭:即一苇航。喻水面相隔很近,不难渡过。亦作"航一苇"。《诗经·卫风·河广》:"谁谓河广,一苇杭之。"

④ 远公:东晋高僧慧远,净土宗始祖。于东晋孝武帝太元六年(381)二入庐山,结庐讲学,与十八高贤共结莲社。诗中指白莲寺方丈。

今 译

接秀桥开通后一叶轻舟可达白莲寺,寺庙旁就是方丈白云所住的僧房。白云和尚平素并不崇尚结社吟诗,近日来只把精力专注于开堂念佛。

(张锦华　注译)

宝云寺碑

（清）汪巽东

上江①故道已难知，裹泖成田②又此时。
杞国忧天③何日已，咸潮④看到子昂碑⑤。

作者原注　在亭林，赵承旨书。上江即东江，今以黄浦当之。浦愈阔则泖愈淤，故老相传云："潮到子昂碑，松江变作灰。"今潮到久矣，松固无恙也，唯癸未夏大水。

说 明

此首借宝云寺碑的描写，表达怀古伤今之情。

注 释

① 上江：应为黄浦江故道。

② 裹泖成田：宋代起围裹泖湖为田。元、明以后，本地人口激增，农民加剧了泖湖边上的围垦筑邿，泖荡田向泖湖推进。泖，一般指三泖，即长泖、大泖、圆泖，古代三泖的大体位置在今松江、青浦、金山、平湖一线，是湖水相连的一大片湖荡。

③ 杞国忧天：同"杞人忧天"，指缺乏根据和不必要的忧虑，典出《列子·天瑞》："杞国有人忧天地崩坠，身亡所寄，废寝食者。"

④ 咸潮：海水倒灌，威胁农业生产，多发于冬季或旱季。

⑤ 子昂碑：即赵孟頫书写的碑文《松江宝云寺记》。宝云寺建于唐大中十三年（859），在今金山区亭林镇，昔为江南名刹之五，华亭之最。

今 译

黄浦江的故道已难以辨析，现在又开始围裹泖湖为田。杞人忧天的日子何时才能结束，咸潮已经涨到了子昂碑前。

（费明 注译）

玉 虚 观[①]

(清)沈蓉城

真武舆邀上巳[②]临,彩移仙仗[③]乐移音。
一时胜概[④]夸乡里,不识囊倾多少金。

作者原注　｜　真武祠即玉虚观,上巳为真武诞,乾隆癸巳、甲午年,统南北里人为会,极盛。

> 说 明

此首写清乾隆年间玉虚观庙会盛况,真实还原旧时枫泾宗教文化情况。

> 注 释

① 玉虚观:始建于元,坐落于界河南岸,初名真武祠,明太祖朱元璋赐名为玉虚观。

② 上巳(sì),即上巳节,俗称三月三、春浴日、女儿节等。相传三月三是黄帝诞辰,魏晋以降,上巳节改为三月三,后代沿袭,遂成水边饮宴、郊外游春的节日。

③ 仙仗:神仙的仪仗,亦指皇帝的仪仗。唐韦庄《尹喜宅》:"紫气已随仙仗去,白云空向帝乡消。"唐岑参《奉和中书贾至舍人早朝大明宫》:"金阙晓钟开万户,玉阶仙仗拥千官。"

④ 胜概:美景,美好的境界。

> 今 译

在真武祠这儿迎候上巳节的到来,迎神的仪仗队彩饰炫目乐声喧天。一时乡民们纷纷夸赞这庙会,不知道这场庙会花了多少钱啊!

(张锦华 注译)

晏 公 堂

(清) 陈 祁

晏公①桥下晏公堂，朔望②焚香默佑郎。
但祝回舟③风送疾，月明满载看归装④。

作者原注 │ 晏公，河神也。载，音在。

说 明

此首咏枫泾民间崇祀晏公风俗。

注 释

① 晏公：晏公是民间信仰的一位水神。晏公为神大致有晏戌仔"死而为神"说、"孝子为神"说、朱元璋"敕封为神"说、妈祖"收伏为神"说、许天师"点化为神"说等各种说法。晏公庙遍布全国各地，老百姓祭祀祈福，保佑平安。

② 朔：当月亮轨道上绕行到太阳和地球之间，月亮的阴暗的一面对着地球，这时叫朔，正是农历每月的初一。望，当月亮绕行至地球的后面，被太阳照亮的半球对着地球，这时叫望，一般在农历每月十五或十六日。

③ 回舟：返回的船。南朝齐谢朓《新治北窗和何从事诗》："回舟方在辰，何以慰延颈。"

④ 归装：归家的行装。

今 译

晏公桥的下面是祭祀晏公的神庙，每月初一和十五都有人来焚香祈福。希望驾船外出的亲人都能一帆风顺，在这明月之夜看到他平安归来。

（倪春军　注译）

仁济道院①

(清)沈蓉城

学士②文佳碑石刊,院传仁济住黄冠③。
药王④诞日楼船戏,即在高王庙畔看。

| 作者原注 | 仁济道院与高王庙毗连,内有虞集碑记,药王像附设其中。 |

说明

此首写枫溪仁济道院风物世情,旧时风俗,宛然在目。

注释

① 仁济道院:梁天监元年(502)建于南镇地域,其时枫泾尚未成市,而道院附近已渐成村落。唐大和年间船子和尚在临近的西庵场(南镇西市河南)募资修建妙常庵,集聚人气,促进了集市形成。

② 学士:指元代学者、诗人虞集(1272—1348),字伯生,号道园,世称邵庵先生。善书法,曾撰高王庙碑记。

③ 黄冠:道士之冠,此借指道士。

④ 药王:古代民间供奉的医药之神。扁鹊、华佗、孙思邈等都曾被奉为药王。

今译

学士文章写得好被刻成碑记刊出,仁济道院里住着戴黄冠的道士。药王的诞生之日河上楼船来演戏,人们就在高王庙边兴致勃勃地观看。

(张锦华　注译)

四香亭

(清)沈蓉城

一亭喜得四香兼,咏取文襄[①]妙句[②]占。
且有桂枝凝雨露,花飘如雪月中添。

| 作者原注 | 四香亭在仁济道院,明周忱,谥文襄,有《四香亭》诗,其旁多桂。 |

说 明

此首介绍仁济道院的四香亭,状物生动。

注 释

① 文襄:古代官方封给大臣的谥号。
② 妙句:美妙的语句。宋陆游《将离江陵》:"竹枝本楚些,妙句寄凄怆。"宋辛弃疾《贺新郎》:"才是清明三月近,须要诗人妙句。"

今 译

一座亭子同时拥有四种香气,吟咏着周忱文襄公留下的美妙诗句。桂树枝上凝结着雨露花萼,如雪花般飘落,在月光下平添一分景致。

(费明 注译)

作者简介汇录

程兼善 (1840—1918),清金山(今属上海市)枫泾人,字达青。清光绪年间优贡生,学识广博,尤熟地方掌故,曾分纂《嘉善县志》,总纂《於潜县志》,编纂《续修枫泾小志》。亦精篆刻,作品录入《中国篆刻大辞典》。善吟咏,所撰《枫泾棹歌》100首,广泛描述了枫泾的风土人情、桥梁地名和历史遗迹等。著有《潜阳樵唱》《怀瓶吟稿》等。

高　燮 (1879—1958),字时若,号吹万,金山张堰人。南社诗人,与常州钱名山、昆山胡石予合称"江南三名士"。1903年起,与从侄高旭(天梅)、高增(卓庵)共同创办觉民社,出版爱国思想和革命倾向强烈的《觉民》月刊,1906年又与柳亚子、田桐等创办《复报》月刊。1912年,与姚石子等成立国学商兑会,出版《国学丛选》,致力于振兴国学,研讨学术。为人淡泊名利、热心公益事业,曾主持疏浚金山主要河道,修桥铺路,筑堤植树。著有《吹万楼文集》《吹万楼诗》等。

程　超 清金山(今属上海市)人,字器之,号山村。乾隆戊子举人。著有《山村诗稿》。

吴大复 清金山(今属上海市)人,居张堰,字翔云,号竹溪,原名光复。诸生。著有《南湖》《南塘》等集。

沈蓉城 (1748—1830),清金山(今属上海市)枫泾人,字书林,民间诗人,九品寿官。少年时能文善赋,称为神童。中秀才后,却屡考举人不中,自此专心行医。平生乐于行善,曾在乾隆年间捐建文昌阁,嘉庆年间编修家谱。工诗词,所作《枫溪竹枝词》100首,描绘了枫泾地理特征、桥梁地名、历史胜迹和四时风情,成为研究枫泾历史文化的瑰宝。

吴履刚 清金山(今属上海市)人,字子柔,同治九年(1870)优贡,光绪年间署苏州府学教授,后为学古堂监院。曾与卢道昌同编《卫乡要略》。

时光弼 清金山(今属上海市)张堰人。著有《右君文稿》《名庵仙史吟草》。

蔡维熊 (1684—1765),字星若,清代状元蔡以台之父,枫泾南镇人。雍正年间,尝捐钱粮赈济灾民。乾隆年间,倡建枫泾民间慈善机构"同善会"。复置义田,建蔡氏支祠,经理重修枫泾仁济道院等。乾隆二十六年(1761),时年78岁,乃集邑中九位老宿办"尊德会",开筵赋诗作画,蔚为盛事。学问渊博,雅好吟咏,著有《轶亭诗稿》《芷江集》《清风泾竹枝词》等。

丁宜福 (1818—1875),清十六保八图(原属南汇,今属上海市奉贤区金汇乡)人,字慈水,一字时水。同治十一年贡生。善为八股文,尤工诗赋。著作甚丰,有《东亭吟稿》《卧游草》《南紫冈草堂诗钞》《沪渎联吟集》《南汇童谣》《浦南白屋诗草》等,辑有《恭桑录》《遗芳集》等,曾受聘《南汇县志》分纂。

陈金浩 清江苏华亭(今上海松江)人,字锦江。甲申娄县诸生,岁贡生。官宣城县教谕。

作者简介汇录

黄　霆　清金山（今属上海市）人，字橘洲。束发受业于其舅王耐亭，先学诗，年十八复学填词，逾冠授徒，研究四方音韵有年，著有传奇数种。著有《松江竹枝词》。

陈　祁　（1748—1812），清金山（今属上海市）枫泾人，字如京，乾隆年间议叙授郃县县丞，升临潼县知县，以军功升至甘肃布政使，赐顶戴花翎，荣耀极至，后因积劳成疾而病故。虽身居高位，仍不忘桑梓，曾捐资办义庄，赈助族人和贫民。善吟诗，著有《商于吟稿》《新丰吟稿》等，其《清风泾竹枝词》100首，至今被人吟咏珍藏。

汪巽东　清道咸间娄县（今属上海松江）人，字子超。能诗文，精星命、岐黄之学。

曹　重　清娄县干巷人，初名尔垓，字十经，号南垓，自号千里生。曹伟谟族兄弟，曹尔堪从兄弟，曹烺、吴朏之子。以父烺乙酉（1645）遇害，遂绝意进取。初家干溪，晚年移居郡城东郊，筑"吟溪书室"，与朱轩等创"墨林诗画社"，啸吟自乐，耽于风雅。重才华溢发，博学工诗，尤善绘花卉，自号锦水渔郎。尤长于词，著《濯锦词》十卷。并好度曲，有《双鱼谱》流传。另著有《墨林謏集》。

王顼龄　（1642—1725），清江苏华亭张堰人，字颙士，一字容士，号瑁湖，晚号松乔老人。御史王广心长子，王鸿绪兄。邑诸生，康熙二年（1663）举人，十五年（1676）进士，授太常博士，十八年（1679）举博学鸿词科，获一等第六名，授翰林院编修，与纂《明史》。康熙五十一年（1712）迁吏部右侍郎，剔弊端，胥吏不得缘以为奸。旋充经筵讲官，拜工部尚书，康熙五十七年（1718）进武英殿大学士。雍正皇帝登极，晋太子太傅，项龄以年跻大耋，再疏乞休，上手敕慰留，赐诗，有"迹与松乔合，心缘启沃留"之句，遂自号松乔老人，年八十四岁卒于位，赠少傅，谥"文恭"。项龄文学优赡，在史馆时与汪琬、朱彝尊、陈维崧辈上下议论，称"良史才"。历卿曹，谙练典故，在政八年，恭慎端肃，悃诚纯一，以风度称。凡处大事，未尝显立异同，而微言缓讽，立见转移。有所汲引，勿使身被者知之。著有《清峙堂稿》《索笑檐稿》《紫兰山馆稿》《华黍楼稿》《赐书楼稿》《含晖堂稿》《画舫斋稿》《松乔老人稿》《螺舟绮语》（又名《兰雪词》）。

王鸣盛 （1722—1797），清嘉定（今属上海市）人，字凤喈、礼堂、西庄，晚号西沚。乾隆进士，授翰林院编修。擢侍读学士，充福建乡试正考官，官至内阁学士兼礼部侍郎。少从沈德潜学诗，从惠栋治经。善诗文，通经学，尤精史学。著有《十七史商榷》《蛾术编》《尚书后案》《耕养斋诗文集》等。

程来泰 清金山（今属上海市）人，字符章，号斗村。诸生。端方正直，乡里所推，曾游夏焦桐之门。

顾文焕 清华亭（今上海松江）人，字虞征，癸丑诸生，例贡。著《竹庐诗稿》《咏菊小品》。七古拟长吉体，颇见神似。

吴芝秀 清金山（今属上海市）人，字瑞凝，号冷轩。诸生。著《吟窝诗集》。